倉敷　高《たか》梁《はし》川《がわ》の殺意

旅行作家・茶屋次郎の事件簿

梓 林太郎

祥伝社文庫

目次

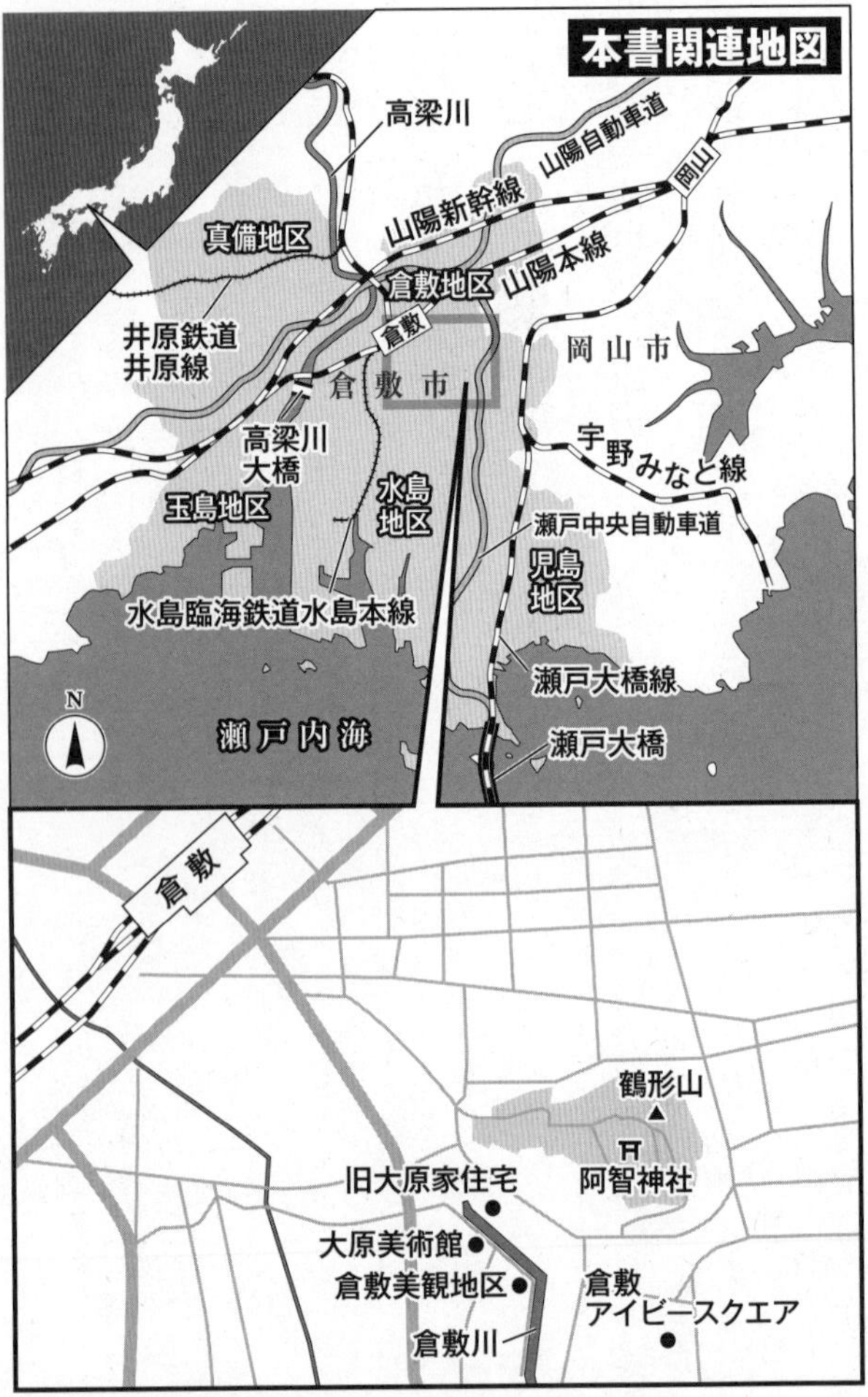
本書関連地図
高梁川
山陽自動車道
岡山
山陽新幹線
真備地区
山陽本線
倉敷地区
井原鉄道
井原線
倉敷
岡山市
倉敷市
宇野みなと線
高梁川
大橋
玉島地区
水島
地区
瀬戸中央自動車道
児島
地区
水島臨海鉄道水島本線
瀬戸大橋線
N
瀬戸内海
瀬戸大橋
倉敷
鶴形山
阿智神社
旧大原家住宅
大原美術館
倉敷美観地区
倉敷
アイビースクエア
倉敷川

地図作成／三潮社

一章　銚子《ちょうし》

1

茶屋次郎《ちゃやじろう》は、こめかみを人差指で揉《も》みながら、渋谷《しぶや》駅近くの道玄坂《どうげんざか》にある事務所に出勤した。朝方の雨は夢だったのか、ビルの上階の壁には陽《ひ》が当たっている。

朝方、激しい雨音をきいて目覚めた。眠気が頭にこびり付いていたがカーテンを三十センチばかり開けて、外をのぞいた。雨は縦《たて》の線を引き、窓の下の道路は川のようになって、水面《みなも》に映る街灯《がいとう》がキラキラと輝いていた。

サヨコがパソコンの画面をにらんだまま、「おはようござい……」といったが語尾はきこえなかった。

キッチンに立っていたハルマキは衝立《ついたて》越しに、はっきりした声で朝の挨拶《あいさつ》をした。が、

茶屋の前へきて、

「頭でも痛いんですか」

心配顔をした。

「ちょっと寝不足らしい」

「ゆうべ、お帰りが遅かったんですね」

ハルマキはハンガーに掛けた茶屋のジャケットの曲がりを直した。

「お茶にしますか、コーヒーにしますか」

きいたハルマキに返事をしないうちに、サヨコが音をたてて椅子《いす》を立ってやってきた。

「先生。きょうは、次の取材地の川をどこにするのか決める日です。牧村《まきむら》さんから電話がくる前に決めておかないと」

牧村というのは衆殿社《しゅうでんしゃ》文芸部の部長であり、茶屋が連載している週刊誌の編集長でもある。

「そうだった」

茶屋は思い付いたことを書きとめておくポケットノートを取り出した。

「メモは、スマホに書くこともできるのに」

サヨコはよけいなことをいう。

「吉田川《よしだがわ》はどうだ」

「どこですか、それ」

「岐阜《ぎふ》県中央部、郡上八幡《ぐじょうはちまん》を流れている。それが第一候補で、次は毎回候補に挙げられている木曽川《きそがわ》」

サヨコは立ったまま腰を曲げてパソコンを検索した。

「郡上八幡の吉田川は長良川《ながらがわ》にも関係していますね」

「風情《ふぜい》のある土地と川は、何度書いてもいい」

サヨコは、分かったとも、了解ともいわずパソコンの前へもどった。

サヨコの本名は江原小夜子《えばらさよこ》。身長一六一センチで細身。よく飲みよく食べるが肉はつかないという。

ハルマキの本名は春川真紀《はるかわまき》。身長一五八センチで小太りだ。色白で花のような唇《くちびる》をしている。

ハルマキは、マグカップに注《そそ》いだコーヒーを黙って茶屋のデスクへ置いた。

「あ、思い出した」

サヨコだ。「きょうは、杉並《すぎなみ》の中野《なかの》さんという方がお見えになりますよ」

そうだった。きのう電話で約束したのを思い出した、といったところへ、ドアにノック

があって、

「お邪魔いたします」

といって女性が入ってきた。三十代半《なか》ば見当《けんとう》の面長《おもなが》の人だ。茶屋は初対面だと思うし見《み》憶《おぼ》えはない。女性はドアを閉めて一、二歩入ると、中野麻子《あさこ》だと名乗った。黒い髪を後ろで結んでいる。藤色の地に薄茶の縞《しま》の通ったワンピースを着て、黒いバッグを持っている。

電話では彼女は茶屋に二度会ったことがあるという話で、『茶屋先生に相談に乗っていただきたいことがあります』といったのだった。

「どうぞこちらへ」

ハルマキが中野麻子をソファへ招くと、

「コーヒーでよろしいでしょうか」

と、手を下腹部で組んできいた。

「ありがとうございます。いただきます」

中野麻子の声は澄んできれいだった。

茶屋は彼女とどこで会ったのかをきいた。

「衆殿社のパーティー会場です。わたしは三年前まで衆殿社の文芸部に勤めておりました。そのあとはフリーランスで翻訳《ほんやく》の仕事をしています」

彼女は自宅の住所や電話番号が刷《す》られた名刺を差し出した。

茶屋はパーティー会場で彼女の名刺を受け取ったことがあったのかもしれない。名刺はすべてホルダーへ差し込んであるが、名前までは憶えていないのだ。四百人も五百人もいる会場で会ったのだから顔立ちも記憶にない。

中野麻子はきのう電話をよこし、なるべく早く茶屋に会いたいといったのだった。

ハルマキがコーヒーを出したところで、相談とはなにか、と茶屋が切り出した。

「わたしには弟が一人います。一般の人とは少し違ったところのある人間です」

麻子は思いきったことをいっているようだった。顔を真《ま》っ直《す》ぐ立てて、茶屋の肩のあたりに視線をとめているが、その目は真剣な光をたたえていた。

「弟は、伸之助《しんのすけ》という名で、三十歳になったばかりです。軽い知的障がいがあり、ずっとわたしと一緒に暮らしていましたけど、五年前からわたしの自宅の近くにアパートを借りて、独り暮らしをしていました。……結論から申し上げますと、三日前の十一月二十五日に、銚子《ちょうし》へ旅行にいくといって出ていきましたが、銚子に着いたのかどうか、行方《ゆくえ》が分からなくなりました」

「銚子というと、千葉《ちば》県の……」

「そうです。あの有名な灯台のある銚子市です」

有名な灯台とは犬吠埼《いぬぼうさき》のことだろう。

「行方が分からなくなったのを、どうして知ったんですか」

きょうは十一月二十八日、と茶屋はつぶやいてからきいた。

「弟から、いえ弟のスマホから、一昨日ヘンなメールが届いたんです」

「ヘンなメール……」

茶屋は詳《くわ》しく話してくれないかといって上体を乗り出した。

「メールには『当分帰れないのでよろしく』とだけ書いてありました。わたしにはどういうことなのか意味が分からないので、すぐに電話しました。そうしたら電源が切られていました」

麻子は銀色のスマホを出すと、伸之助からの受信メールを指先ではじき出して、恐いものでも見せるようにそっと茶屋に向けた。

メールにはたしかに「当分帰れないのでよろしく」という文字が横に並んでいた。気のせいか、その文字は冷たい灰色をしていた。

「銚子には彼の友だちか知り合いが住んでいますか」

「います。わたしは一人だけ知っています」

彼女はバッグから二つ折りにした白いメモを取り出した。

［内山典幸《うちやまのりゆき》　銚子市犬吠埼］

電話番号は知らないという。

「この内山という人と仲之助さんは、どういう知り合いですか」

「四、五年前だったと思いますけど、弟が仕事仲間だといって連れてきたことがありました。そのとき三人で、中野駅近くで食事しました。わたしは内山さんと会ったのは一回きりですけど、律儀《りちぎ》な方で毎年、日の出の写真入りの年賀状をくださいます」

「内山さんは、何歳ぐらいの人ですか」

「弟より一つ上だといっていました」

「仲之助さんの仕事仲間ということでしたが、どんな仕事を……」

「渋谷区で、ゴミの回収にあたっていました。臨時作業員だったんです」

「その仕事を、内山さんは辞《や》めて、銚子へ移ったんですね」

「内山さんは銚子の出身で、そこには家族が住んでいるということでした」

「毎年、年賀状をくれるのだから、真面目《まじめ》な人なんでしょうね」

そう思っている、というふうに麻子はうなずいた。

「仲之助さんは、今もゴミ回収の仕事に就《つ》いているんですか」

「いいえ。その仕事は何年も前に辞めて、ラーメン屋に見習いで勤めたり、宅配便の下請《したう》け業の手伝いをしたり……」

彼女はいいにくそうに顔を横にした。

「ラーメン屋の見習いは、なぜ辞めたんですか」

茶屋は、中野伸之助の人柄を詳しく知りたくなった。

「わたしが辞めさせたんです」

彼女は眉《まゆ》をぴくりと動かした。

「どうして……」

「わたしは弟が勤めているラーメン屋へ、食べにいきました。その店は忙しそうでした。弟は背を向けて洗いものでもしているようでしたけど、粗相《そそう》でもしたのか、仕事が遅かったのか、そこの主人に叱《しか》られていました。口で叱られているだけでなく、足を蹴《け》られたり踏まれていました。わたしにはいじめられているようにしか見えなかったので、次の日にその店へいって、弟を連れて帰りました。弟は凝《こ》り性《しょう》なんです。食器洗いでも何度も何度もすすいでいるので、真面目にやっていないように見えるんです」

彼女はクリーム色のハンカチを取り出すと鼻にあてた。

彼女の話をきいていると、伸之助という男はフリーターのようだし、仕事や勤め先をいくつも替えていたようだ。

さしさわりがなかったら、伸之助がどんな暮らしをしていたのかを話してくれないか、と茶屋はいった。麻子はもともと茶屋に相談にきたからか、それを拒《こば》まず話しはじめた。

「さっき申し上げましたとおり、弟は生まれつき一般の人より変わっているところがあります。ですのでわたしがはらはらすることも少なくありません」

「たとえば、どんな点がですか」

彼女は、「はい」と返事をしてからまたハンカチを鼻にあてた。

「二晩、帰ってこないことがあったものですから、どこでなにをしていたのかをききました。そうしたら、インターネットカフェに泊まったといいました。住む場所があるのだから、そんなところへ泊まったりしないでと、わたしはきつく叱りました。ですが、弟は、月のうち一日か二日は、新宿《しんじゆく》か池袋《いけぶくろ》のインターネットカフェで過ごしていました。わたしはそこがどんなふうにできているのかを知りたくなったので、弟に案内させて見学にいきました」

「どんなふうでしたか」

茶屋は、インターネットカフェの内部を見たことも利用したこともないが、泊まったことのある人から話をきいてはいる。

「わたしが見にいったのは新宿です。完全個室でパソコンがありました。冷蔵庫のある部屋もありましたし、別室には洗濯機も乾燥機もあって、何日間も過ごすことが可能でした。わたしが見た店は清潔でしたので、ほっとしたものです。……弟の話では、ホテルがわりに何日間かそこを利用して、東京《とうきょう》で稼《かせ》いで、田舎《いなか》へ帰る若い女性もいるということでした」

田舎という言葉が出たので、郷里があるのかと麻子にきいた。

サヨコは仕事を忘れたように茶屋と麻子の会話に耳を傾けている。ハルマキは衝立の陰に隠れて身動きせずにいる。

「わたしたちは長野県松本《まつもと》市の生まれです。十年以上前に両親が離婚しました。父は松本にいますけど、わたしはあまり会っていません。母は新潟出身で、新潟市へもどり、年に一、二回、他人同士のように手紙で近況を知らせています。わたしには松本に友だちがいますので、去年は友だちに会いにいってきました。四、五年ぶりでしたけど、あらためてきれいな街だと思いましたし、お城も眺めてきました」

「東京より松本のほうが住みやすそうですが、どうして東京へ住むことにしたんですか」

「わたしは東京の大学を出て、卒業と同時に衆殿社に就職したんです。……弟は松本で高校を出たあと、どこにも就職しなかったので、わたしが引き取ることにしたんです」

伸之助の住所をきくと、杉並区善福寺《ぜんぷくじ》四丁目だといって、麻子の家とは二百メートルほどはなれているといった。

「善福寺だと所轄《しょかつ》警察は荻窪《おぎくぼ》署です。そこへも相談しておいたほうがいいでしょう」

警察は麻子の説明をきいて、行方不明者届を出すようにとすすめるだろう。

2

伸之助から麻子のスマホに妙なメールが届いたあと、彼の部屋へいってみたかと茶屋は麻子にきいた。

「すぐにいきました。アパートの合鍵《あいかぎ》をあずかっていましたので。……部屋はきれいに片づいていました。弟は潔癖《けっぺき》症で、新聞や週刊誌もきちんとそろえて部屋の隅に重ねておきますし、キッチンの食器も棚に入れていました」

「洗濯は……」

「たいてい一週間分をまとめて、わたしのところへ持ってきていました」

伸之助はほとんど毎日、缶ビールを一本飲む。冷蔵庫には缶ビールが三本とコンブとノリの佃煮《つくだに》が入っていたという。

伸之助は三十歳になったばかりということだったので、好きな女性はいなかったのかと茶屋は踏み込んで聞いた。

麻子は目を細め、口元をゆるめた。仲之助の恋愛でも思い出したのではないか。

「わたしと同居していたころのことですが、弟はある女性を好きになりました」

「弟さんはその女性とどこで知り合ったんですか」

茶屋は微笑を浮かべた。

「今時珍しいとお思いになるでしょうけど、リヤカーを曳《ひ》いて、お豆腐を売り歩いている若い女性がいました。お豆腐屋さんというわけではなく、食品会社にお勤めということでした。入社して間がなかったのですが、会社の方針で、仕事の厳しさを経験させ度胸をつけさせるために、ある期間、お豆腐を売って歩いていたようです」

「その仕事をしている人を、私も見たことがありますよ。私が見たのは男性でしたが」

「弟は売り子の女性を見ているうちに、同情が湧《わ》いたようでした。それで何回かお豆腐を買ってあげていましたが、女性がやっている仕事を手伝いたいといい出したんです。わたしは、よけいなことをしないほうがいいといったんですけど、弟は彼女がやってくるのを待ちかまえて、手伝ってあげるとでもいったようです。女性にはもちろん断わられました。……そのあとも弟は、毎日ではありませんが彼女からお豆腐だけでなく、納豆や湯葉《ゆば》を買っていました」

「二人暮らしでは食べきれなかったでしょう」

「はい。困っていました。……彼女からいろんなものを買うようになって二か月ばかり経《た》った六月の日曜日、リヤカーを曳いていた日とはちがう服装をした彼女が、弟とわたしを訪ねてきました。彼女はきれいなポプリを、弟にプレゼントしました。弟は次の日もそれを頬《ほお》にあてたりしていましたが、彼女はこなくなり、替わって若い男性がお豆腐売りをするようになりました。弟は食欲をなくして一週間ばかり仕事にいけず、寝床に横になっていました」

「仲之助さんはそのころ、どんな仕事をしていたんですか」

茶屋は仲之助のことをより詳しく知りたくなった。

「建物の補修工事の現場で働いていました。その後、もうひとり好きになった女性が。世《せ》田谷《たがや》区のなんとかという外国の留学生が入っている会館の工事にいっているうちに、フランスのリヨンからきていた二十三歳の女子学生を好きになったんです。その学生は日本人の大工の補修工事に興味を持ったようで、学校へいかない日はその工事を観察していたそうです。片言《かたこと》ですが日本語ができるので、弟と何回も会話していました。……ある日、弟はその女子学生をわたしたちの住まいのマンションへ連れてきました。わたしも彼女を歓迎して、一緒に料理をつくりました。彼女は日曜のたびにわたしたちのところへ遊びにきていました。弟は真剣に彼女に将棋《しょうぎ》を教えていました。……半年ぐらいあとだったと思いますけど、そのうち彼女には急に帰国しなくてはならない事情が生じて、『あした帰る』と赤い目をして挨拶にきました。それをきいた弟は涙をポロポロこぼしました。彼女も涙ぐんでしまいましたけど、ポケットからハンカチを取り出すと、弟の涙を拭《ぬぐ》って、そのハンカチを押しつけると、逃げるように去っていきました。弟は彼女の花柄のハンカチをにぎりしめて、呆然《ぼうぜん》と立っていました」

麻子は、そのときの伸之助の魂《たましい》が抜けたような姿を思い出してか、ハンカチで目尻を押さえた。

衝立の陰に立って麻子の話をきいていたハルマキが近寄ってきて、コーヒーのお代わりはどうかといった。麻子は、「いただきます」といって、ハルマキに笑顔を向けた。

「いま、弟のことをお話ししているうちに思い出したことがあります」

麻子は正面にいる茶屋にいった。

「どんなことか、話してください」

麻子はうなずいてから少しのあいだ黙っていた。

「わたしはマンションの二階に住んでいますが、わたしの部屋の真上の三階に、夜の仕事をしている君島《きみじま》さんという女性が住んでいました」

水商売ということらしい。その人は自分よりいくつか若いと思うと麻子はいった。

「その人、猫を飼っていました。猫と一緒にベランダに出て遊んでいる声を何回もききました。外で会えば挨拶しましたし、気さくで好感の持てる女性でした。去年の暮れでしたが、その人はわたしが昼間部屋にいることを知っていたらしく、お昼過ぎにインターホンを鳴らしてきて、『二、三日留守をするので、猫をあずかってもらえないか』といいました。わたしは飼っていないだけで犬も猫も好きでしたので、二、三日なら、といって引き受けることにしたんです。彼女はよろこんで、箱に入った餌《えさ》と一緒に茶色のトラを抱いてきました。名前はタンゴで牡《おす》。年齢をきくと二歳になったばかりということでした。彼女はタンゴを床に置くと、『ばいばい』といって手を振りました」

ハルマキは九谷焼《くたにやき》の赤いカップでコーヒーを出した。麻子は二杯目のコーヒーを一口飲むと、器《うつわ》の尻を撫《な》でた。

「猫のタンゴは、部屋のもようをうかがうように、匂《にお》いを嗅《か》ぎながら歩きまわっていました。その日は猫が気になって、仕事が捗《はかど》りませんでした。……弟が電話をよこして、夕飯はブタしゃぶにしたいので、材料を買って帰るといいました。わたしは買い物に出る必要がなくなったので、ときどきタンゴのようすを見ながら仕事をつづけました。……弟はブタ肉と野菜を買ってくると、すぐにスープをつくっていました。猫をあずかったことを話すと、タンゴの姿をじっと見ただけでした。思い返してみると、松本に住んでいたときから、わが家には犬も猫もいませんでした。一度だけわたしが猫を飼いたいといったことがありました。中学のときだったと思います。すると父から、猫は毛が抜けるし、細い毛が無数に空中を舞うのが嫌いだといわれ、以来、ペットの話はだれからも出ませんでした」

麻子は一息つくように、赤いコーヒーカップに手を伸ばした。

「わたしは猫の習性をよく知りませんでした。弟が食器を洗って、自分のアパートへ帰ってからです。タンゴは尻尾《しっぽ》を太くして部屋中を駆けまわりはじめました。パソコンの上にも飛び乗りました。深夜になって灯りを細くした後、部屋中を走ったり鳴き声を上げたんです。恐くなったので弟に電話すると、飼い主を恋しがっているのだろうといわれました。二、三日の我慢だと、布団《ふとん》をかぶって耐えていました」

「猫は夜になるとひと暴れするのだときいたことがあります。次の晩は少し静かになったのでは……」

「そうでした。初日ほどではありませんでしたけど、夜は一回、部屋中を駆けまわりました。わたしのほうもタンゴの癖に少しずつ慣れていきました」

「飼い主は、二日か三日で引き取りにきたんでしょうね」

「それが……」

麻子は胸に手をあてた。「一週間経っても、十日経っても、君島さんは帰ってきませんでした」

「十日経っても帰ってこないとは……」

「あとで分かったことですが、君島さんは家財を少しずつ運び出して、別のところへ移していたそうです」

「別のところとは……」

「それが分からないと、マンションの家主さんはいっていました」

「では、タンゴは……」

「棄《す》てられたも同然です」

「では中野さんは、タンゴを飼いつづけることにしたんですね」

「十日以上経って、すっかり慣れてきたので、スーパーで餌を買ってきて飼っていました。ですが、ある日のことです。ベランダへの窓を開けていましたら、タンゴはいなくなってしまいました」

「いなくなった……」

「柵《さく》の隙間から伝い下りたらしく、外へ飛び出してしまったんです」

「外へ。タンゴは帰る道すじをさがしたでしょうね」

「わたしもさがしました。近くの公園の茂みのなかにでも隠れているのではと思いましたけど、見つかりませんでした」

「タンゴはもともとは野良《のら》だったのでは……」

「そうだったかもしれません。わたしは不注意を悔《く》いましたし、タンゴがお腹《なか》をすかしているだろうと思って、可哀相《かわいそう》になって、夜も外へ出て探していました。……ベランダからいなくなって四日目の夜です。外へ出て名を呼んでいたわたしの足もとへ、タンゴがすり寄ってきたんです」

「それはよかった。タンゴはあなたをさがしていたんですね」

「タンゴはかすれ声でした。何日ものあいだ、なにも食べていなかったにちがいありません」

麻子はそういうと、ハンカチで両目をおおった。痩《や》せおとろえたタンゴに出会ったことを思い出したからではないか。彼女は激しくなってきた動悸《どうき》を抑《おさ》えるようにいった。

「タンゴの首には矢のようなものが刺さっていたんです」

野良猫を見ると虐待《ぎゃくたい》を思いつく者がいる。タンゴはそういう者の標的にされたにちがいない。彼女はタンゴを抱いて帰ったが恐くなって、伸之助に電話した。彼はすぐにやってきて、タンゴの首に刺さった矢を引き抜いた。

麻子はタンゴに餌を与えたが、匂いを嗅いだだけで食べなかった。

伸之助は、動物病院を検索して電話を掛けた。杉並区内だけでなく中野区や渋谷区の病院にも掛けたが、つながらなかった。夜間救急動物医療センターというのを見つけて、掛けた。すぐに連れてくるようにといわれた。

「わたしと弟はタクシーに乗りました。弟がタンゴを抱いていましたけど、走り出して十分ぐらいすると……」

麻子は、またハンカチを目にあてた。震え声になって、「タンゴは弟の膝《ひざ》の上で、息を引き取ってしまいました」というと、両手で顔をおおった。

3

タンゴを埋葬《まいそう》すると、伸之助はそのまま仕事にいかず、麻子の住居近くの公園のベンチに野球のバットを持って腰掛けていた。以前、その公園で野良猫を追いまわしたり、石を投げつけている若い男を見たことがあったので、タンゴの首を矢で射たのは、その男にちがいないといって、三日間張り込んでいた。公園へ幼い子どもを連れてきている人に、猫を虐待していた青年の家を知らないかときいていたが、彼がバットを手にしていたので逆に危険を感じ、子どもを抱きかかえて、公園を出ていった女性もいた。

野良猫をいじめていた青年を見つけることができなかった伸之助は、宅配便業の下請けの手伝いをつづけていた。

「伸之助さんは、お金を持っていたでしょうか」

茶屋は、目を赤くした麻子にきいた。

「旅行へいくつもりだったでしょうから、それなりの旅費を持って出発したと思います」
五、六万円ではないかと彼女は見当をいった。
「あなたの話では伸之助さんは、たびたび勤務先を変えるし、仕事もちょくちょく休むことがあるようですが、経済状態はどうでしょうか」

茶屋が遠慮がちにきくと、麻子は、どう答えようかと迷ったように小首をかしげた。

「家庭の事情を少しお話しします。……両親が離婚したとき、父はわたしと弟に現金を分けてくれました。父は弟の暮らし向きが気がかりだったのでしょう、わたしの分よりも多額のお金を与えました。その後も何回か東京へ出てきて、そのたびにまとまった金額を……」

「お父さんはお金持ちなんですね」

「精密機械の会社の社員でしたけど、六、七年前に自分で会社を興《おこ》しました。祖父が土地を何か所も持っていたので、それを売って資金にしたようです。一昨年、父に会いましたが、独立してよかったといっていました。現在社員が五十人ぐらいいるそうです」

茶屋は腕を組んだ。次になにをきくべきかを考えた。

「最近、伸之助さんはだれかとトラブルを起こしていないでしょうか」

「トラブル……」

麻子はなにかを拝《おが》むように胸で手を合わせた。

「思い出しました。最近ですけど眼科医院と揉めごとを……」

彼女はそういうと視線を上に向けた。その姿を茶屋は見て、彼女は銀色の細いネックレスを着けていたのだったと気付いた。それに気付いてあらためて彼女を観察したが、それ以外には耳にも手にもアクセサリーは着けていなかった。

「眼科医院とは、どんなトラブルを……」

「目がチカチカして痛いといって、吉祥寺《きちじょうじ》駅近くの眼科医院で診《み》てもらったんです。重い病気ではないといわれ、目薬を注《さ》され、薬をもらって外へ出たところで、走ってきた車と接触したということでした。目薬のせいで、外へ出たとたんにまぶしさに襲われ、真っ直ぐ歩くことができなかったんです。車を運転していた人は降車して、弟に怪我はないかをきき、車を点検しました。弟はほとんど目が見えない状態でその場に呆然《ぼうぜん》と立っていたそうです。そうしたら車のドライバーは、目が不自由なのかとか、歩行障害でもあるのではないかと、弟を傷付けるようなことをいって、走り去ったんです。弟は道路の端にしゃがんでいました。まともに歩けるようになるまでに二時間ぐらいかかったそうです」

どうにか歩けるようになった伸之助だが右腕を押さえていた。車と接触したさい、打ったのだと分かった。車を運転していた人の氏名も住所もきいていなかった。彼は眼科医院へ引き返した。『しばらくのあいだ目を開けていられないので注意するように』という説明がなかった、さっきの車とは接触程度ですんだが、もう一歩道路の中央へ寄っていたら重大事故になっていた、と強い口調で、目薬を注した看護師に抗議した。診察室から医師が出てきた。それまで一言も口を利《き》かなかった看護師だったが、医師の顔を見ると急に態度を変え、『注意しましたよ。車には気をつけて、ともいいました』と、口をとがらせた。

『おれはきいてない。もしも自分が車を運転してたら……人を死なせていたかもしれない』

医師は、『どなたにも、しばらくのあいだものが見えにくいのでと注意しています』と、看護師の肩を持った。

結局、注意した、きいていない、の水掛論《みずかけ》になった。椅子にすわって待っている何人かの患者は、仲之助に対して白い目を向けた。

医師は仲之助の袖《そで》を引いて診察室へ入れると、作業衣姿の彼を吟味《ぎんみ》した。『ここは診療所ですよ。大きな声を出すと他の患者さんの迷惑になる。あなたはどうしろというんですか』と、彼をにらみつけた。

『薬のせいで歩きにくくなるという注意を怠《おこた》ったと、謝るのが普通じゃないか。注意をしなかったのに、したといいはったから怒ってるんだ』

医師は白い封筒を出し、それを仲之助に受け取らせようとした。中身は現金にちがいなかった。彼は医師の手を横に払った。白い封筒は宙を飛んだ。

『暴力を振るうのか。警察を呼ぶぞ』

仲之助は、医師に『うるさい』とか、『勝手にしろ』などといって医院を飛び出した。が、その鬱憤《うっぷん》が晴れず、麻子に電話をよこし、経緯を話した。『看護師さんはきっと後悔しているし、これからは患者への注意を怠らないようにするわよ』と、彼の憤《いきどお》りを鎮《しず》めた――

仲之助は走ってきた車と接触した。その瞬間、重大事故に遭《あ》いそうになったのは、眼科の看護師のミスが原因だ、と反応した。ということは、麻子のいう『一般の人より少し変わっている』人間とは異なるのではないか、と茶屋は推測した。

麻子は茶屋の目の前で仲之助に電話を掛けた。

「通じません。電源が切られたままです」

彼女はそういって恨《うら》めしげにスマホをにらんだ。

仲之助が銚子へいくといってからきょうは四日目だ。その間に、彼から当分帰らないという真偽不明のメールが麻子に入ったが、本人の発信とは思えないし、だいいち仲之助とは電話が通じないのだ。

「麻子さん。あなたから仲之助さんにメールを送ってみてください。いま、どこにいるのかとでも」

麻子はうなずくと、細い指でスマホを操作した。返信を待つように彼女はしばらくスマホを見つめていた。茶屋の仕事の邪魔になると思ったようで、立ち上がった。

サヨコはパソコンの陰に顔を隠した。ハルマキはキッチンで水音をたてた。

「お邪魔してすみませんでした」

麻子はだれにともなく頭を下げると、背中を向けた。寂しげだった。彼女には仲之助のことを相談する人がほかにはいないようだ。彼女は三十代半ばだ。親しい間柄の男性はいるのだろうか。恋人がいるかもしれない。だがその人には定職に就いていない弟のことを話せないのではないか。

　麻子が出ていくと、それを待っていたかのようにサヨコは立ち上がった。

「先生。銚子へいってきては……」

「あてもないのに、わざわざ銚子へなんか」

「中野伸之助さんの知り合いがいます。それと銚子は利根川《とねがわ》の河口です。日本の名川《めいせん》を探訪する茶屋次郎が、坂東太郎《ばんどうたろう》と呼ばれている関東平野を潤《うるお》す利根川をはずすわけにはいきません。伸之助さんの行方《ゆくえ》さがしを兼ねて、銚子へいってください。伸之助さんは、銚子へ旅行にいくといって出掛けたんです。銚子には彼の痕跡《こんせき》が……」

　サヨコは、なにかに取り憑《つ》かれたように早口で喋《しゃべ》った。いい終えるとすとんと椅子に腰を下ろした。

　ハルマキが衝立の陰から出てきた。

「中野麻子さんは、弟さんのことを茶屋先生に相談すれば、弟さんの行方さがしに協力してくれると思ったんです」

「そうよ」

　サヨコがまた立ち上がった。

「伸之助さんのことを、根掘り葉掘りきいただけじゃない。先生は、ああしたら、こうしたらとアドバイスもしなかった」

サヨコは口もとを曲げた。

「荻窪署に相談した方がいいといったような気がするが」

「麻子さんは、警察署へなんかいったことはないと思います。警察へ相談にいっても、事件が起きたわけじゃないので、すぐにさがしてはくれない。それが分かっていたので先生に相談にきたんじゃないですか。それを、話をきいただけで帰すなんて、薄情《はくじょう》じゃないですか。……先生は、麻子さんの役には立たなかったんです」

茶屋はぶるっと身震いすると、椅子を立ってドアへ走った。彼の事務所はビルの三階だがエレベーターの前へは立たず、階段を駆け降りた。渋谷駅前のスクランブル交差点へ向かって走った。なんの役にも立たなかった、といったサヨコが忌々《いまいま》しかった。

信号待ちの群衆《ぐんしゅう》と一緒に駅のほうへ交差点を渡った。

麻子がいた。彼女はバッグを抱いて、駅前交番横の指名手配犯の写真と似顔絵が貼られた掲示板の前に立っていた。その肩は薄くて、冷たい風がとまっているようでもあった。もしかしたら彼女は、なんの役にも立たなかった茶屋次郎に落胆《らくたん》して、交番の巡査に、伸之助のことを相談しようかと考えていたのかもしれなかった。

茶屋は彼女にそっと近寄って声を掛けた。

「あ、茶屋先生。お出掛けですか」

茶屋は、なんの助言もできなかったことを詫《わ》び、銚子へいってみることにしたといった。伸之助は銚子にいるような気がする、と付け加えた。

麻子は瞳《ひとみ》をうるませると、バッグを胸に押しあてたまま頭を下げた。茶屋と麻子のようすを、二人の警官が交番のなかからじっと見ていた。

4

麻子を連れて事務所にもどると、ミカンのような色のジャケットの男が、背中を向けてコーヒーを飲んでいた。衆殿社の牧村だったが、彼は、「おはよう」とも、「こんにちは」ともいわなかった。

「ありゃ」

「あら」

牧村と麻子は同時にいった。二人はかつて同僚だったのだ。

麻子は牧村の横に腰掛けると、弟について茶屋に相談にきたことを話した。その件で銚子へいくことにしたと、茶屋が補足した。

「千葉県銚子か。魚がうまそうですね」

牧村はすぐに飲み食いの話をする。

「銚子へいったことは……」

茶屋がきいた。

「ありません。先生は……」

「何年か前に、九十九里浜《くじゆうくりはま》の取材で、上総一ノ宮《かずさいちのみや》というところから銚子までいったことがある」

平滑《へいかつ》な砂浜海岸で、約六十キロある。

「歩いたんですか」

「いや、車です」

なんだ、というふうに牧村はコーヒーカップをテーブルに置いた。彼は左の人差指で頬を掻《か》くと、名川シリーズの次の取材先を決めたかといった。

「郡上八幡を流れている吉田川はどうかと思っているんだ」

「有名な川じゃないですね」

「有名じゃないが風情がありそうだ。……あんたは利根川のことを、有名だが風情がないといった。その風情のない利根川が太平洋に注ぎ込む銚子へいくことにした」

茶屋がいうと牧村は、茶屋と麻子を見比べるような目をしてから椅子を立った。

「吉野川、あ、吉田川の取材をなるべく早くはじめてください」

といって、サヨコにウインクを送って出ていった。

「仲之助さんは、銚子へは、車で……」

茶屋が麻子にきいた。

「弟は免許を持っていませんので、列車のはずです」

東京からは「しおさい」という銚子行きの特急が出ている。所要時間は二時間弱だ。

「行方不明者さがしは、早いほど成功率が高い」

茶屋はつぶやきながら、四、五日乗っていない自分の車を駐車場へ見にいった。灰色の車は埃《ほこり》を薄くかぶっているようだった。

茶屋はこのまま運転して出発できるが、一緒にいくとなると麻子は身支度《みじたく》が必要だろうと、彼女を振り返った。

麻子は手を合わせた。力強い味方を得たような気持ちになったのではないか。

茶屋が、身支度はいいのかとあらためてきくと、必要なものは途中で調達するといった。見かけによらず度胸《どきよう》がありそうだ。

茶屋は必需品を思い付き、彼女と一緒に事務所に引き返し、ノートやコンパクトカメラをバッグに押し込んだ。

　サヨコとハルマキは肩を並べた。

「気をつけて、いってらっしゃい」

　なんだか茶屋が旅に出るのを、二人はよろこんでいるようだ。茶屋は自分が口うるさいほうではないと思っているが、彼女らにしてみれば煙《けむ》たい存在なのだろうか。

　麻子は、サヨコとハルマキに向かって、

「先生にお世話になります」

　といって、深くおじぎをした。

　するとサヨコが麻子に近寄り、彼女の耳になにかをささやいた。麻子は一瞬、眉を動かしたが微笑をサヨコに返した。


　道路はわりにすいていた。首都高速三号線に乗ったところで、サヨコがなにをささやいたのかを麻子にきいた。彼女は笑いをふくんだ声で、

「江原さんのいったことは、あたっていないと思います」

「私のことを、なにかいったんだね」

「『先生の車の運転は初心者並みなので、注意するように』って。でも、いま拝見してい

ると、そんなことはありません」

「私があまり車に乗らないので、サヨコはよけいなことをいったんです」

「お疲れになったら、おっしゃってください。わたしが替わりますので」

彼女は車好きで、仕事の合い間にちょくちょくドライブするといった。

銚子までは三時間近くかかりそうだ。途中のサービスエリアに寄ったところで、運転を交替してもらおうと思った。

伸之助の音信不通には事件性が考えられる。彼のスマホが他人の手で操作されたことはまちがいないだろう。どういう人間がなんの目的で行なったのか。

助手席からじっと前方を見ている麻子だが、事件に巻き込まれたのかもしれない人をさがすには、なんらかの危険がともなうことを覚悟しなくてはならないのを、承知しているのだろうか。

そう思ったとき、水を満たしたコップにインキを一滴注いだように、べつの想像が広がった。

それは、麻子がいったことが全部つくり話だったのではという疑いだ。伸之助という五つちがいの弟が、豆腐を売って歩く若い女性や、フランスのリヨンからきていた女子留学生を好きになったことも、弟がときどきネットカフェを利用することも、猫のタンゴが首に矢を射られて死んだことも、すべて嘘《うそ》で、そもそも伸之助という古風な名の弟は、初めから存在していない架空《かくう》の人間なのかもしれなかった。

だとすれば、なぜ彼女はつくり話を持ち出してきて、茶屋の事務所でコーヒーを二杯飲み、いまは伸之助の行方をさがすといった茶屋の車に乗っているのか。もしかしたらそれは、茶屋を誘い出すための手のこんだ工作だったのではないのか。

麻子は、茶屋をどうしても銚子に向かわせたかった。それはなぜなのか。銚子ではなにかが待っているのか。

彼は麻子の横顔を盗むようにちらりと見たが、何十メートルか先の路面に視線を向けている彼女は、険悪《けんあく》な表情はしていなかった。

茶屋は口のなかで、「銚子、銚子」とつぶやいた。自分の知り合いがいなかったかを考えた。

何年か前に九十九里浜の取材で銚子へいったとき、たしか海辺のホテルに一泊したが、周辺を見て歩いたという記憶はない。なにを食べたかも憶えていない。憶えているのはひどい雨降りになったということだけだ。

そういう茶屋を銚子へ連れていって、なにをしようというのか。

彼はバックミラーを確かめて追い越し車線に入ろうとした。すると前を走っていた外車

も追い越し車線へ入ろうとした。それで茶屋はスピードを緩め順 行車線を走ることにした。これを麻子は戸惑《とまど》いとみたのか、

「そろそろ交替しましょうか」

といった。茶屋は首を横に振った。

麻子は、サヨコから茶屋の運転は初心者並みといわれて、じつは歯を食いしばって震えをこらえているのではないのか。

「伸之助さんは、銚子への旅行を何日も前から計画していたんですか」

「急に思い立ったのだと思います。弟は旅行好きで、あちこちへいっています」

「最近はどこへ」

「金沢《かなざわ》と松本へいきました」

「松本ではお父さんに会ったでしょうね」

「父は忙しそうにしていたので、一時間ばかり会って、お昼ご飯を一緒にしたといっていました。弟はお金が欲しくて会いにいったのではないのに、父はまとまった額のお金を渡したんです。そのお金はわたしが、弟の銀行口座に入れておきました。……わたしが会いにいったときも、父はお金をくれました。邪魔になるものではないので、いただいてきました。父はそういう人なんです」

「そういう人というと……」

「母と別れたことを、罪ととらえていて、罪滅ぼしのつもりなんでしょう。それと、お金でわたしたちをつなぎとめておこうという意思もあるようです。自分の親を悪くいうようですけど」

茶屋は小さくうなずいて、つぎに伸之助の普段の旅行の目的はなにかときいた。

「観光旅行です。北海道が好きで、なかでも函館《はこだて》がいちばん好きといって、何回もいっています。何回かいくうちに憶えたんでしょうが、海へ向かって下っている坂の名をいくつも口にしていました。魚見坂《うおみざか》、姿見坂《すがたみざか》、それから二十間坂《にじゆっけんざか》。わたしはそれくらいしか」

「函館でも特に好きなところがあるんじゃないかな」

「空港にわりあい近いトラピスチヌ修道院《しゆうどういん》は、気に入っているところのようです。そこへはわたしもいったことがあります。……それから弟は函館へいくと、駒ヶ岳《こまがたけ》をぐるりとまわる、大沼《おおぬま》から森《もり》への列車に乗るようです。車窓から内浦湾《うちうらわん》を眺めるのが好きといっていました」

寂《さび》れた海岸線をゆく列車で乗客はごく少ない。北海道のお気に入りの場所に小樽《おたる》や富良野《ふらの》を挙げる人は多いが、伸之助のように駒ヶ岳の裾野を走るのが好きという人は少ないような気がする。

「三、四年前の五月ごろでしたが、函館の旅行から帰るとこんな話をしました。……たしか渡島砂原《おしまさわら》という駅を降りて海辺に出たそうです。お腹がすいたので、岸壁に腰掛けて釣糸を垂《た》れている人に、近所に食堂はあるでしょうかときいたんです。釣りをしている人は漁師で、暇《ひま》つぶしをしていたようでした。その人は、この辺に食堂はないといい、腹をすかしているのかとききました。弟はそうだといってお腹を押さえると、魚を焼いてやるからそれを食べろといって、釣り上げたヒメダラとイカを、傍《かたわ》らのコンロで焼いて塩を振ってくれたそうです。弟は、そのおいしさは一生忘れないだろうといっていました。……わたしは、親切にしてくれた人にはお礼をするものなのよと、弟にいいきかせました」

「伸之助さんは、その後は函館へいっていないんですか」

「いっていません」

「伸之助さんは、いつも旅行に出るときは、あなたに断わるんですね」

「何年も前のことですけど、弟は旅行先で鞄《かばん》を盗まれました。わたしには旅行することをいっていなかったんです。警察から電話がきてびっくりしました」

鞄には自分の住所、氏名のほかに麻子の住所と電話番号を書いたカードを入れていた。列車を待つ間の駅で、伸之助の鞄は盗まれたのだが、金目の物が入っていなかったので、犯人はそれを道端へ捨てたのだった。

そういうことがあったので、旅に出るときは行き先などをきちんと告《つ》げるようにといってあったという。

途中のサービスエリアで食事をすると、運転を交替した。利根川に架《か》かる太いワイヤーで吊った銚子大橋を渡った。日本最大の流域面積をもつ川の河口が近く、川幅は広い。白い鳥が二、三羽、姿を水面に映して舞っていた。

5

銚子市役所と銚子警察署をちらりと左目に入れて、犬吠埼を目指した。内山典幸という人の住所は犬吠埼灯台の近くではないかと思う。犬吠駅が見えた。事務所を出てから約三時間を要した。交番を見つけたので地理をきいた。

白い灯台が目に入ったが、観光にきたのではないので内山という人に会うことを優先した。

内山家はすぐに分かった。太平洋《たいへいよう》ホテルの真後ろの家だと教えられた。だが、そこへ着くのに三、四回道をまちがえた。付近は坂道がくねくねと曲がっているのだった。

やっと小さな表札のある家を見つけて声を掛けた。半白《はんぱく》の髪をくしゃくしゃにした扁平《へんぺい》な丸顔の女性が出てきた。

「典幸さんにお会いしたいのですが」

茶屋がいうと女性は、彼と麻子を吟味《ぎんみ》するように見てから、

「典幸は店へ出ています」

と、喉《のど》を傷《いた》めているような声で答えた。

女性は典幸の母親だと分かった。彼女が教えた店は犬吠埼灯台のすぐ近くの食堂だった。そこは典幸の父が経営していて、典幸と姉が勤めている。典幸は三年ほど前まで東京にいたが、仕事中に交通事故に遭って怪我《けが》をしたために、実家へもどってきたのだと、母親は簡単に近況を話した。

店を訪ねて典幸に会うことにすると茶屋がいうと、母親は後ろを向いて時計を見て、

「今頃店を閉めて、片づけをしていると思います」

といった。

もうそういう時間なのだ。頭上に浮いている雲には薄陽《うすび》があたり、夕方が迫っているのを教えていた。

犬吠埼灯台のすぐ近くの店の名は［うちやま］で、ガラス戸が閉まり白いカーテンも閉

まっていたが、店内に人がいるのがカーテンの揺れで分かった。

店の裏口へまわって声を掛けると、「はーい」と答えがあって、白い帽子をかぶった女性が出てきた。典幸の姉にちがいなかった。食堂の仕事に従事しているが、船に乗って漁をするのではと思われるくらい陽焼けしていた。典幸に会いにきたと茶屋がいうと、彼女は眉間《みけん》に皺《しわ》を寄せて、彼の背後に立っている麻子に目を向けた。

茶屋が、中野麻子と一緒に銚子へやってきた理由を話した。

「どうぞ、店のなかへ」

彼女はそういってから典幸の姉の歌菜《かな》だと自己紹介した。

店の奥でコトコトと音をさせていたのは典幸の父親の竹彦《たけひこ》だった。竹彦は変色した暖簾《のれん》をくぐって出てくると、茶屋と麻子に挨拶した。

典幸はこの店を手伝っているのだが、ちょうど伸之助のことを調べるために外出している、と歌菜がいった。

茶屋と麻子が椅子に腰掛けると、歌菜が曇《くも》った表情をして今までの経緯を語った。

――十一月二十五日、中野伸之助が予告なく典幸に会いにこの店へやってきた。伸之助は、銚子が風光明媚《ふうこうめいび》な土地であるのを知っていて、以前から訪ねたいと考えていたといった。典幸にも会いたかったが、主な目的は観光だといった。

典幸は歓迎し、案内しようといって、父と姉に外出を断わった。

仲之助は白い灯台を見上げていたので、上りたいのかと典幸がきくと、「上ってみたい」といった。それで入場券を二百円ずつ払って灯台のなかへ入った。せまい螺旋《らせん》階段を上った。仲之助は三百六十度の眺望に声を上げた。はるか沖をゆく船に指を差していたが、眼下《がんか》の岩礁《がんしょう》地帯と右手に小さく見える白いホテルの眺めが気に入ったようだった。灯台を下りると、白い郵便ポストを珍しそうに眺め、霧笛舎《むてきしゃ》にも興味を抱《いだ》いた。夕方が近づくと、長崎鼻《ながさきはな》を見せたくなったので、車に乗せて、そこにもぽつりと立つ灯台の近くへ案内した。そこからの犬吠埼灯台の景色を見せたかったのだ。仲之助は茶色にも黒にも見える岩礁と岩に砕《くだ》ける白い波をじっと見つめ、その音をきいているようだった。

日没が近づいた。泊まるところを決めているのかと典幸がきくと、決めていないので、近くのホテルを紹介してもらいたいといった。

典幸は知人のいるホテルの［浜千鳥《はまちどり》］へ電話した。空室があった。

典幸は仲之助をホテルまで送って、明朝、朝食がすんだころ迎えにきて、屛風ケ浦《びょうぶがうら》の絶景と九十九里浜へ案内すると告げて、ホテルをあとにした。仲之助は「うん、うん」と首を縦に振っていた。典幸は、自宅がもう少し広ければ仲之助を泊めることができたのにと悔《くや》んだ。

翌朝、典幸は九時半にホテル浜千鳥のフロントで、中野仲之助を呼んでもらいたいと告げた。するとフロント係は、『中野さまは、お迎えの方がお見えになって、その方と一緒に出ていかれました』といった。チェックアウトをすませたということだった。

迎えの人がくるなど仲之助からはきいていなかったので、典幸は首をかしげたが、ホテルに入ってから仲之助はだれかと連絡を取り合ったのだろうと、判断した。典幸は仲之助から携帯電話の番号をきいておかなかったのを後悔した。

典幸は普段から仲之助の言動に少しばかりズレがあるのを思い出した。人は普通、こういう場合断わりを入れたりするものだが、仲之助にはその普通の感覚が欠けていることがあった。

仲之助は二十六日の朝、ホテルに訪ねてくる人がいるのを承知していた。が、それを典幸にいいそびれていたのだろうと思い、帰宅したにちがいないと判断していた——

仲之助がホテルを辞して三日が経った。典幸はなんとなく胸騒ぎがするといって、仲之助が宿泊したホテルへ、迎えにきた人のことをあらためてきいてくるといって出掛けた、と歌菜は眉間に細い皺を寄せていった。

後片付けがすんだのか、父親が出てきた。小太りで腹が丸く出ている。彼も典幸から仲之助のことをきいているといって、顔を曇らせた。

そうするうちに典幸がもどってきた。扁平の丸顔は母親にそっくりだ。彼は父親と姉に向かって首を横に振った。成果がなかったということだろう。

麻子は「しばらくです」と典幸に頭を下げてから、すがるように二十五日の仲之助のようすを尋ねた。

「ご機嫌《きげん》でした。灯台に上って海を眺めると、手を広げて、すげえとか、わおうとかいっていました。彼は海が好きなんだと思いました」

「確かに好きでした。以前、横浜《よこはま》の港へいったことがありましたけど、またいってみたいといっていました。函館へ私が一緒にいったときも、海ばかり見ていました」

「ここへきたのも、海を見たかったからでしょうね」

きっとそうだというように麻子は首を縦に振った。

麻子は、ホテルへ迎えにきたという人のことを典幸にきいた。

「四十代ぐらいの男の人ということでした」

「その人は、独《ひと》りで……」

「独りということでした」

麻子は、浜千鳥というホテルへいって、二十六日の朝の仲之助のようすをききたい、と典幸にいった。

典幸は茶屋の名と職業を知っていた。金沢と博多《はかた》を主な舞台にした作品を読んだといった。

典幸の車は白の軽トラックだった。その車を茶屋と麻子が乗った車が追った。道路はくねくねと曲がり、一度通っただけでは憶えられないという気がした。下り坂は海に向かっていた。

ホテルは白い五階建てで、まるで海に突き出た岩畳《いわだたみ》の上に座っているようだ。夕方のホテルは忙しそうで、従業員がロビーを早足で歩いていた。

女性の三人連れが話し合いながらチェックインをしていた。それを待つあいだ麻子は足踏みした。浴衣《ゆかた》姿のカップルがロビーを通った。三人連れは女性従業員とともにエレベーターへ消えた。

麻子はフロントへ駆け寄ると、男女のスタッフに事情を説明し、二十六日朝の伸之助のようすをきいた。

「中野さまは、朝食後にお見えになった男の人と一緒に出ていかれました。お迎えにこられた方は車を玄関の横へとめていました」

伸之助はその車に乗っていったようだが、スタッフは玄関を出て見送ったわけではなかった。

「迎えにきたという男の人を、ご覧になっていますか」

麻子が男性スタッフに尋ねた。

「見ています。四十歳ぐらいで、たしか紺《こん》のスーツを着ていらしたと思います。体格も普通だったような気がします」

特に変わったようすはなく、仲之助と並んで玄関を出ていったようだったといった。

仲之助に、『迎えにきた』とでもいったのだろう。その男は仲之助を知っていたにちがいない。仲之助のほうはどうだったのか。

仲之助がその男に、迎えにくるようにと連絡を取ったことは考えられない。彼を迎えにくるのは内山典幸しかいなかったのだ。

茶屋と麻子と典幸は、ホテルの玄関を出ると、仲之助がどうして典幸以外の人と連れ立ってホテルを出ていったのかを話し合った。その結果、彼は顔見知りの男によって連れ去られたのではないか、ということになった。

「連れ去られたというと、遠くへ連れていかれたようですが、銚子を案内するといわれて、ついていったのかも」

典幸はいった。

「典幸さんが案内する約束になっていたのに、ほかの人についていったなんて、考えられません」

仲之助は、そこまで常識をはずれてはいない、と麻子はいった。

「そうですね。やっぱりヘンなやつに、連れ去られたということでしょう。なぜだろう。目的はなんだろう」

典幸は麻子を見ながら首をかしげた。

麻子はバッグからスマホを取り出すと、また仲之助に電話した。が、やはり電源は切られたままだった。

三人は話し合って、銚子警察署を訪ねた。

麻子が行方不明者の氏名、住所を伝えたあと、内山典幸が、二十五日に仲之助を案内した場所と、二十六日に案内することにしていたところを、髭《ひげ》の濃い警部補に説明した。麻子が仲之助の写真を見せた。

「ホテル浜千鳥を出ていったあと、お姉さんにも、内山さんにも連絡がないし、電話が通じない」

警部補はいいながら書類に書き込み、

「二十六日は、ホテルへ迎えにきた人と、銚子付近の景勝地《けいしょうち》を見物したんじゃないでしょうか。もしかしたら見物中に、事故にでも遭ったのでは」

茶屋は、考えられることだと思った。

スマホはGPS機能を搭載しているので、通信会社に協力を求めて調べる。スマホを持っていればその大体の位置を把握することが可能だ、と警部補はいった。

二章　白い闇

1

茶屋と麻子は、ホテル浜千鳥に泊まることにしてホテルへ電話した。三階と五階に空室があるといわれた。

夕食のテーブルには八品ほど並べられた。麻子の心境を思って、はじめ茶屋は酒を頼まなかった。

「わたしに構わないで、先生はお酒をどうぞ。車を運転することになったら、わたしが」

「そう。では一杯だけ」

日本酒を頼んだ。ガラスのカップに注《そそ》がれた銚子の地酒《じざけ》には少し色がついていた。

刺し身よりも焼き魚と煮魚がうまかった。

彼女は食欲がないらしく、半分ほど残した。

『景勝地《けいしょうち》の見物中に事故にでも』といった警部補の言葉が頭にこびりついているのではないか。

警部補は、事故にでも遭《あ》った可能性があるといったが、それなら同行者は伸之助の救助にあたるか救急車を呼ぶかしなくてはならなかった。

伸之助は、麻子の電話番号などを記入したカードを携行《けいこう》しているということだった。彼は麻子に連絡をしないまま、いや連絡ができないまま行方《ゆくえ》不明になったとしか思えない。

茶屋は、大風呂に入り直し、自販機で缶チューハイを一本買って、五階の部屋へもどった。テレビのニュースを観《み》たが、銚子付近では目立つ事件も事故も起きていなかった。

カーテンを開いて海のほうを眺めた。右手の彼方《かなた》に赤い灯《あかり》が一つあるだけで、視野は漆《しっ》黒《こく》の闇《やみ》である。目を下に向けた。岩に砕《くだ》ける波頭《はとう》だけが一瞬、闇を白く貫《つらぬ》いた。

翌朝、茶屋よりも一足遅れて朝食のレストランへやってきた麻子の目は赤かった。彼女はロールパン一個とオムレツとサラダをゆっくり食べ終えると、

「コーヒーをお持ちしましょうか」

と、かすれ声でいった。

眠れなかったのかときくと、三時間ばかり眠ったと答えた。

彼女もコーヒーを飲んだ。あらためて見ると、白いカップにからめた指は折れそうなほど細かった。

「伸之助さんのことが、気がかりでしょうが」

ここまできたのだからと、犬吠埼灯台を近くで見ることを彼女にすすめた。

「上ってみましょう」

麻子は意外なほど明るい声で応《こた》えた。

白い塀《へい》の入口の右手に郵便ポストが立っているが、それも真っ白に塗られていた。

幅のせまい螺旋《らせん》階段を茶屋が先に立って上った。上りきるまでに麻子は胸を押さえて息をととのえていた。

灯台の位置は北緯35.4228・東経140.5207とあった。灯質は単閃白光《たんせんはっこう》・毎十五秒に一閃光。光達距離十九・五海里。地上から灯火までは二十七メートル。平均海面から灯火までは五十二メートル。初点灯は明治七年十一月十五日。

なにかに役立つかもしれなかったので茶屋はノートにメモした。

空が晴れているので海は紺碧《こんぺき》だ。崖の真下では大小の岩が波に洗われていた。岩と岩のすき間のせまいところでは白いしぶきが噴き上がっている。沖を、赤い船が右のほうへ向かっていた。海面のところどころが濃い緑色をしているのは雲の影のためだと分かった。仲之助はここで声を上げたというが、茶屋も一声叫びたいくらいだった。

ここを目的に訪れたらしい観光客が他に五、六人いたが、海の色に目を奪われたように手すりをつかんで動かなかった。

灯台を下りてから食堂のうちやまをのぞいた。歌菜がテーブルを拭《ふ》いていた。竹彦と典幸の足だけが見えた。二人は調理に追われているようだった。歌菜が「お茶でも」といったが、あとで寄ると茶屋は顔の前で手を振った。

典幸が仲之助を案内したという長崎鼻へいった。茶色をした岩畳の上に、煙突《えんとつ》のような格好の灯台が天を衝《つ》いていた。反対側の一段高い位置に犬吠埼灯台が立っていた。近くには住宅が寄り集まった集落があった。どの家も枯《か》れたような色に見えた。

次に、典幸が仲之助を案内するはずだった屛風ヶ浦を対岸から眺めた。高さ三、四十メートルはありそうな断崖《だんがい》が海面から垂直に立って何百メートルかにわたって連《つら》なっている。たしかに屛風を立てたようだ。壁面は横に縞《しま》を描いていて、そこに陽《ひ》が差したり雲が陰をつくったりしていた。その断崖の突端《とったん》までいってみたが、上部は森林帯だった。砂浜へ下りてみた。夏は海水浴の人でにぎわいそうだが、冬まぢかのいまはだれもいなかった。

九十九里浜へもいった。緩《ゆる》やかに反《そ》った砂浜が長くつづいていて、サーフィンをする人たちの黒い姿が波間に見え隠れしていた。冬が近づきつつあるせいか、サーファーの数人がもの寂しく目に映った。

麻子は助手席で黙っていた。少しばかり知的障がいがあるという伸之助だが、いまごろはだれと一緒にどこを歩いているのかを思っているにちがいなかった。

千葉科学大学の建物だけを見て、地球の丸く見える丘展望館へいった。水平線《すいへいせん》を眺めた。さえぎるもののない海はたしかに直線ではなく弧《こ》を描いている。その曲線をたどるように黒い鳥が飛んでいた。

道を歩くと、電柱には海抜《かいばつ》を示した札《ふだ》が貼《は》られていて、［三・七メートル］［三・四メートル］などとある。

食堂のうちやまへもどると、うどんを注文した。典幸と歌菜が茶屋たちの前へ立った。二人ともいくぶん疲れたような麻子の顔を気の毒そうな目で見ていた。

これからどうする、と典幸がきいた。帰るしかない、と茶屋がいうと、典幸はなにかの情報が入ったらすぐに連絡する、と麻子にいった。

「伸之助さんには、うちへ泊まってもらえば、こんなことにはならなかった」

典幸は唇《くちびる》を噛《か》んだ。

仲之助は明らかにホテル浜千鳥から連れ去られたのだ。連れ去った者は彼が宿泊したホテルを知っていたことになる。どうやって宿泊場所をキャッチしたのか。

「ぼくはゆうべからずっと考えていたんですが、何者かが仲之助さんを東京から尾《つ》けていたんじゃないでしょうか」

典幸は、腕組みしていった。仲之助は東京から列車でやってきた。それを尾行《びこう》して、銚子で泊まるホテルを確認してから、車を調達したのではないか、と典幸はいった。

「それとも……」

茶屋はうどんを食べたあと歌菜の注いでくれたお茶を飲みながらいった。「偶然、何者かが景勝地の犬吠埼灯台かその付近で、仲之助さんを見掛けたということも考えられます」

「仲之助さんの知り合いでしょうか」

「知り合いというか、顔を知っていた。その何者かは、仲之助さんに恨《うら》みを抱いていた。あるいは秘密をにぎられていた。それでかねてからなんとかしなくてはと思っていた。偶然旅先で見掛けたので、これはチャンスと考え、典幸さんの案内で風景を見てまわっている仲之助さんをタクシーで尾行していた。それで宿泊場所をつかむことができたということも」

「そうですね。伸之助さんに恨みを抱く、あるいは秘密をつかまれていた。そういう人にお姉さんは心当たりがありますか」

典幸は麻子にきいた。

「わたしは弟を、人から恨まれるようなことはしないとみていますけど……。他人の秘密をにぎるなんて、それはないと思います」

麻子は首を右に左にかしげた。

伸之助が特定の人から恨まれていたとしたら、その恨みはかなり深いと茶屋はみている。

茶屋はふと思いついた。伸之助はホテルにチェックイン後、外出していないだろうか。それはだれかに会うためだった。彼は、典幸には話していなかったが、他にも銚子に知り合いがいて、その人を訪ねていたとか。

茶屋はホテル浜千鳥に電話して、伸之助がチェックインした際フロントにいた係を呼んでもらった。電話は女性から男性に代わった。

一泊するはずの伸之助が、その夜、外出していなかったかを尋ねた。

フロント係は考えているようだったが、

「お出掛けするところも、お帰りになったところも見ておりません。それからタクシーを

「呼んだ記憶もありません」

と几帳面《きちようめん》そうに答えた。


茶屋と麻子は東京へ帰ることにした。

麻子は車に乗るさい、後ろ髪を引かれるように、灯台のほうを振り向いた。

銚子大橋にさしかかったところへ、銚子警察署から麻子に電話があった。

「中野伸之助さんのスマホは、東京の吉祥寺駅付近で最後に位置情報を発信していたことがわかりました。居所を正確に知ることができない場合は、吉祥寺駅周辺を所轄《しよかつ》する警察署へ相談してください。あ、それは武蔵野《むさしの》署です」

麻子は礼を述《の》べると、目下《もつか》、帰宅の途中だといった。

「道中、気をつけてお帰りください」

銚子署員は、行動に少しばかり難のある弟の行方をさがす姉を気遣っているようだった。

「弟は、家へ帰ったのかもしれません」

麻子が、ハンドルをにぎっている茶屋にいった。

「それならいいですが」

「内山さんに、お礼もしないで帰るなんて……」

麻子はそういったが、仲之助の顔を見るまでは気が晴れないにちがいない。

運転を交替せず約三時間で杉並区善福寺に着いた。住宅街を何度か曲がって、仲之助が住むアパートに到着した。

麻子は、鉄の階段を駆け昇った。仲之助の部屋のドアをノックした。が、応答はなかった。合い鍵でなかへ入った。仲之助はいなかった。部屋のなかは、彼がいなくなったときに見たままだった。彼が帰ってきた痕跡《こんせき》はなかった。

茶屋は、仲之助の部屋へ入ったきり出てこない麻子のようすを見にいった。彼女はキッチンの流し台の前でぺたりとすわり込んでいた。

2

茶屋は、麻子を自宅へ送って住宅街を走行中、一か月ほど前だったかこの付近で、会社帰りの男が轢《ひ》き逃げされた事件があったのを思い出した。

事務所へもどると、パソコンで轢き逃げ事件を検索した。その事件は十月二十四日の午後十時十分ごろに発生した。港《みなと》区芝浦《しばうら》の商船会社に勤務していた稲沢順二《いなざわじゅんじ》（四十六歳）

が、自宅まで約二百メートルの地点の住宅街の一角で車にはねられ、救急車で病院へ運ばれたが死亡した。

彼は午後六時に会社を出たあと、打ち合わせと称して新橋《しんばし》の居酒屋で同僚三人と飲食し、九時すぎにその店を出たことまでが分かっている。一緒に食事をした三人の同僚の記憶では、生ビールのあと焼酎《しょうちゅう》の水割りを二杯飲み、おでんと焼き魚を食べた。酒は強いほうで、その晩の酒量では走ってくる車の前へ飛び出るほど酔ってはいなかった。

稲沢が轢き逃げされた瞬間を目撃していた人が二人いた。黒い乗用車は大きい家の生垣《いけがき》寄りにとまっていたのに、鞄《かばん》を持った稲沢が交差点を渡ろうとすると、彼に向かって突進して、はねるとスピードを上げて走り去った。目撃者の二人は道路に倒れた稲沢に駆け寄った。一人が稲沢の顔見知りだった。一一九番と一一〇番へ掛けた。救急車は稲沢を乗せて走り去った。ほぼ同時にやってきたパトカーの警官に、稲沢をはねて消えた黒い乗用車のことを話した。

『それではまるで、稲沢さんが道路を横切るのを待っていて、走り出したようじゃないですか』パトカーの警官が二人にいった。

『待機していたんです。稲沢さんだと知って走り出して、はねたんです』二人は、そのようにしか見えなかったと語った。

稲沢順二は何者かから恨まれていた。その何者かは、稲沢を殺害するのが目的で車で衝突した可能性が考えられるとして、荻窪署は殺人事件とみて捜査している、と記事にはあった。

次の朝、茶屋はサヨコとハルマキよりも早く事務所に出て、「週刊ななこ」へのエッセイを書いていた。

サヨコとハルマキは同時に出勤し、ドアを入ったところで、「あら」といった。いつもの朝の挨拶《あいさつ》を忘れたようだ。

ハルマキが湯沸《わ》かしポットのプラグを差し込んだ。サヨコは白いバッグを胸に押しあてたまま茶屋の前へ立った。

「どうしたんですか」

「なにが」

茶屋はにぎっているペンを回転させた。

「利根川の取材にいったのに、帰りが早すぎじゃないですか。川幅といい、長さなどが、あまり大きいので、それに圧倒されて逃げ帰ってきたのね」

「なにを勝手なことを。私は中野麻子さんに頼まれて、弟さんの行方さがしに銚子へいってきたんだよ。仕事が遅れていたんで、けさは一時間半早く起きて……」

「中野さんの弟さんは、どこにいたんですか」

「いたんじゃない、まだ行方知れずだ。その行方知れずについては、妙なことがある。が、原稿を書き終えたらゆっくり話す」

サヨコは、「ふうん」と鼻でいって茶屋のデスクをはなれていった。

ハルマキは白い前掛けをして、コーヒーをいれると茶屋の前へそっと置いた。毎日、コーヒーのマグカップを置く位置が決まっている。机の左端の時計の横だ。掛かってきた電話の受話器に腕を伸ばしても、カップに手があたらない角度である。

「わたしは、温かい牛乳がいい」

サヨコがハルマキに注文をつけている。

「週刊ななこ」の原稿は八枚。書き上がるとサヨコがパソコンで打つ。

「先生。この教室は博士を二人輩出《はいしゅつ》、とありますが、これはヘンです。輩出というのは、すぐれた人物などが次々と多く世に出ることですから、二人きりでは……」

「直す。この教室からは博士が二人、でどうだ」

中野麻子が電話をよこした。

彼女は、銚子警察署へいって、弟・伸之助が銚子のホテルから行方不明になった経緯を説明し、東京へ戻る途中で彼のスマホが吉祥寺付近にあることが分かった。それで帰宅しているのではと思ったが、部屋のもようは、十一月二十五日に銚子へいくといって出ていったその日のままだった。それで吉祥寺を管轄する武蔵野署には、現在も仲之助のスマホの電波は、吉祥寺付近から出ているのかを調べてもらった。すると彼のスマホからは二十六日を最後に電波は出ていない、と通信会社から回答があった。電源が切られているのか、電波の届かない場所にあるのか、あるいは破壊された可能性もあるということらしい。

麻子は仲之助との線が、完全に絶たれたと思ってか、声はかすれて細かった。

仲之助のスマホはいったんは吉祥寺駅付近にあった。二十六日に彼が銚子を出たあと吉祥寺駅付近にいたことがあったのか、それとも他人が彼のスマホを吉祥寺駅付近で使用した時間があったのだろうか。

茶屋は麻子に会うことにして車に乗った。五日市《いつかいち》街道を右折し、女子大《じょしだい》通りを越えて住宅街に入ったところで、通行止めに遭った。なにがあったのかと道路端に立っている人にきくと、猫の救助をしている最中だと教えられた。

「猫の救助とは……」

茶屋は車を降りて十メートルほど先の人だかりへと歩いた。

猫の救助の理由が分かった。

マンションの三階に住んでいる女性が仔猫をベランダへ出していた。仔猫は遊んでいるうちに手すりに飛び乗った。が、飛び乗った勢いで手すりの外へ落ちてしまった。一階の上には幅一メートル半ほどの庇《ひさし》が出ているが、仔猫はそこへ落ち、上り直すことができずに鳴いていた。そこで飼い主は紐《ひも》をつなぎ合わせて垂らした。仔猫に、紐につかまれ、そうしたら引き揚げるからといったが、当然仔猫には通じなかった。仔猫はときどき下をのぞく格好をした。飼い主は、『落っこちる。無理、無理。やめて』と叫んだ。仔猫に怪我はないらしい。そのうちに通行人が足をとめた。『飛び降りろ。受けてあげるから』などという人もいた。

通行人のだれかが一一九番通報したらしく、消防署の車が到着した。茶屋は手を貸したかったが、いい知恵が浮かばなかった。

ヘルメットの二人の救急隊員は首をかしげていた。仔猫は、親猫か飼い主を呼んでいるのか、それとも怯《おび》えてか、小さな鳴き声を出している。そのうち隊員は庇の下へ車を寄せると、一人が車の屋根に乗った。仔猫を呼び寄せて胸に抱いた。口を開けて見物していた人たちが拍手をした。飼い主の女性が悲鳴《ひめい》のような声を上げて玄関から飛び出てきた。

再会した麻子は憔悴《しょうすい》していたが、茶屋は思わずここへくる途中、仔猫の救出場面に出遭ったことを話した。

「無事でよかったですね。飼い主の方、よろこんだでしょう」

彼女は弱々しく笑いながらいった。茶屋が彼女の笑顔を見たのは初めてではなかったか。

「弟は、だれかに吉祥寺駅の近くへ連れてこられ、それから……」

彼女はいいかけた言葉を呑《の》み込んだ。

茶屋は相槌《あいづち》を打てなかった。伸之助が最悪の事態になっていることも想像されたからだ。

「一か月ほど前、この近くで事件が起きていますね」

茶屋は、たった今思いついたというふうないいかたをした。

「事件……」

「男の人が轢き逃げされた」

「ああ。その事件、弟のアパートのすぐ近くです。被害者が道路を横切るのを、車で待ち構えていて、はねると走り去ったということでした」

「伸之助さんはその事件について、なにか話していたことはありませんか」

「ありません。弟とその事件のことを話した憶《おぼ》えも……」

彼女は首をかしげた。なにかを思い出そうとしてか、しばらく口をつぐんでいた。

「轢き逃げ事件の二週間ぐらい前、小学生の女の子が行方不明になって、四、五日後、岡《おか》山《やま》県のなんとかいう川で遺体で見つかった事件がありました。この辺りは事件などには無縁の地域でしたのに、立てつづけに嫌なことが起こりました。わたしのところへも刑事さんがきて、不審な人を見掛けていないかときかれました」

「それは、少女の事件で……」

「そうです。下校途中の少女は、変質者に連れ去られて、遠方へ連れていかれたのだと思います」

茶屋は、小学生の女の子が下校中に行方不明になった事件に記憶があった。その事件をもう少し詳《くわ》しく知りたいというと、麻子はパソコンに向かった。

調べて出てきたいくつかの記事をまとめると——

［十月十日午後、杉並区善福寺に住む小学二年生の三谷百合亜《みたにゆりあ》さんは、下校途中の午後二時から二時半の間に行方不明になった。小学校から自宅までは約五百メートル。学校を出た彼女は同級生と三人で下校。百合亜さんの家まであと百五十メートルの地点で、同級生

二人とは左右に別れた。百合亜さんの母親は勤め先の工務店で彼女から今から帰るというメールを受け取った。母親は午後五時に勤務を終えて、自転車で帰宅した。

学校から帰っておやつを食べるのが習慣の百合亜さんがいなかった。ランドセルがなかった。

母親は、百合亜さんが登下校する道を自転車で走った。が、彼女が自宅へ向かって歩いた痕跡はなかった。そこで、いつも一緒に帰る同級生二人の家を訪ね、百合亜さんが帰宅していないことを話した。二人とも百合亜さんと別れた地点がいつもと同じであることを答えた。

母親の顔から血の気が引いた。小学校へ電話した。学校は、児童が校門を出てからの行動を把握《はあく》していなかった。異常事態を感じ取った学校は警察に急報を入れた。警察はすぐに百合亜さん宅の半径百五十メートルを中心に捜索し、その後その範囲を拡大したが、彼女も彼女の痕跡も発見することはできなかった。

十月十四日、岡山県倉敷《くらしき》市片島《かたしま》町の高梁川《たかはしがわ》の河川敷《かせんじき》公園で遊んでいた数人が、少女の遺体を発見して警察に通報した。

倉敷署は少女の遺体を収容するとともに付近を捜索した。その結果、赤いランドセルが見つかった。ランドセルには住所、氏名、学校名を書いたカードが内側のポケットに入っていた。それには『東京都杉並区善福寺・三谷百合亜・善福寺小学校』とあったことから荻窪署に連絡した。遺体は百合亜さんの可能性が高いことから、画像を小学校へ送った。荻窪署では送られてきた画像を両親に見せた。父親は顔を天井に向けて唇を嚙んだ。母親は画像を胸に抱いて泣き伏した。

発見現場は山陽《さんよう》本線倉敷駅から西に約二・六キロの高梁川大橋の左岸。

高梁川は、鳥取県との境の明智峠《あけちとうげ》付近が水源で、ほぼ南東に流れ、瀬戸内海《せとないかい》の水島灘《みずしまなだ》に注いでいる。

杉並区善福寺を所轄する荻窪署の刑事は、岡山県倉敷市かその付近に縁があるかを百合亜さんの両親にきいた。母親は知らないところだといった。父親は、川の両岸に白壁の土蔵が立ち並んでいる写真を見た記憶はあるが、縁はないといった」

3

東京から倉敷は約七百五十キロもはなれている。犯人は東京で攫《さら》った少女をなぜ遠方まで連れていったのか。十月十日に誘拐《ゆうかい》された百合亜の遺体は十四日に発見されたが、警察は彼女がいつ死亡したのかを精《くわ》しく検《しら》べた。その結果、十二日の夜死亡したことが分かった。死因は首を絞《し》められたことによるものと判明した。

犯人は十月十日に学校から帰る百合亜を車で待ち伏せしていて拉致《らち》したにちがいない。最初から連れ去る標的を百合亜と決めていたのだろうか。決めていたとしたらその理由はなにか。

「可愛《かわい》かったからだと思います」

麻子は自信ありげにいった。

「百合亜という子に会ったことがあるんですか」

「新聞と週刊誌に載った写真を見たんです。百合亜ちゃんには五歳ちがいのお姉さんがいて、その子もとても器量《きりょう》よしだそうです」

「可愛いというだけの理由で誘拐して、殺す。犯人は三谷家になにも要求をしていないんですね」

「可愛いから攫ったというだけの変質者だと思います」

茶屋はバッグからノートを取り出した。それにはこの近くで轢き逃げされた稲沢順二という人のことが、細かい字で書いてある。なぜ知り合いでもない人の事故を詳しく書いたのかといえば、付近の住人である中野伸之助の行方不明に疑問を持ち、関心を抱いているからだ。

三谷百合亜が何者かに連れ去られたのが十月十日。そして二日後に殺された。

　そして十月二十四日には、会社員の稲沢順二が車に轢き逃げされた。この事件は不注意から通行人をはねたのではなかった。稲沢が歩いて道路を渡るのを待っていて、衝突したというのだ。

　それから一か月あまり経《た》った十一月二十五日、銚子へ旅行した中野伸之助が、翌朝、宿泊したホテルから連れ去られた。彼の家は百合亜や稲沢の住所に近いことから、もしかしたら伸之助の行方不明は、百合亜と稲沢の事件と関連があって、一本の線でつながっていることも考えられると茶屋はにらんだ。

　そこで彼は、近所の人に尋ね、西武《せいぶ》新宿線の上井草《かみいぐさ》駅近くの工務店へ、百合亜の母親、夏美《なつみ》に会いにいった。

　工務店は黒ぐろとした社名看板を二階屋の屋根に出していた。そこは社長の自宅で、会社は駐車場の奥にあった。事務所では三十代半《なか》ばの女性がパソコンに向かっていた。夏美は雑務の係のようである。

　茶屋が用件をいうと夏美は、「外へ出ます」といって、茶屋の背中を押すようにした。彼の用件は、会社とは無関係の個人的なことだからというのだろう。夏美に化粧けはなかったが、眉《まゆ》だけを濃く描いていた。彼女は四十近い、と麻子からきいていた。麻子は、百合亜の事件直後、警察官とともに娘が連れ去られたと目《もく》される場所に立っている夏美を見たのだという。

夏美は茶屋次郎の職業を知っていて、週刊誌に連載していた名川シリーズを読んだことがあるといった。

茶屋は、事件が三件、立て続けに近所で起きているので関心を抱いたといった。

「三件とおっしゃると、稲沢さんの事件以外にも……」

彼女は大きく目を見開いた。

彼は、中野伸之助の行方不明をかいつまんで話した。伸之助は彼女の自宅とは約三十メートルはなれているアパートの住人である。

「中野さんは、銚子へなにしにいかれたんですか」

「観光です。海を見るのが好きな人なんです」

「犬吠埼ですね。わたしは小学生のときと、おとなになってから子どもを連れて、灯台に上って、海を眺めたことがありました」

「中野さんは銚子に知り合いがいるので、独りでいって、景色のいいところを知り合いに案内してもらったんです」

一泊したホテルから何者かに連れ出されたことも話した。

「行方が分からなくなって、きょうが五日目ですか。いったいどうなったんでしょうね」

「いったん、吉祥寺付近へいったのではと思われる形跡があります」

「お住まいへ帰ってこられたんですか……」

「お姉さんが彼の住まいを見ましたが、帰ってきたようすはないんです。吉祥寺付近というのは、スマホの電波が最後にその付近から出ていたということで、本人がその辺に立ち寄ったかまでは不明です。……ところで」

茶屋は口調をあらためた。「百合亜さんはご不幸なかたちで見つかりましたが、倉敷かその付近にご縁はなかったんですよね」

「はい。縁などまったくありません。最初に倉敷っていわれたとき、わたしにはそこが岡山県なのか広島県なのかも分かりませんでした」

「百合亜さんを連れ去った者は、なぜ倉敷まで連れていったのか、分かりましたか」

「分かりません。犯人を警察に捕まえてもらって、聞くしかありません」

家族には捜査に関する情報はなにひとつ届いていないようである。

百合亜の遺体引き取りには父親である夫がいったという。

「ご主人は倉敷をご存じでしたか」

「主人は倉敷へ二度いったことがあるそうです。最初は学生のとき、友だちと観光にいって。二度目は、就職してから、プロのカメラマンに写真機材を届けるためにいったということでした」

「ご主人は、写真機材を扱う会社にお勤めですか」

「銀映社《ぎんえいしゃ》といって、プロが使う写真機材の貸し出しや販売をしている会社で、写真集の出版もしています」

茶屋はその社名を憶えていたし、山岳写真集を買ったこともあった。

「倉敷市には美観地区といって……」

「もう倉敷の話はやめてください」

彼女は耳をふさぐ手つきをした。

茶屋は、気遣いを忘れていたと謝って、質問の方向を変えた。

「犯人が、なぜ百合亜さんを連れ去ったのか、思い当たることはありますか」

茶屋は夏美の、くっきりとしたかたちのいい唇を見ながらきいた。

「分かりません。小学二年生の子どもはいくらでもいるのに……」

彼女は、登下校する小学生を見るたびに、なぜ百合亜が狙われたのかと、悔しさに身をよじるのではないだろうか。

茶屋は、非礼を詫《わ》びて彼女の前を去った。

歩いて善福寺地区にもどると、稲沢家をさがしあてた。生垣で囲った二階屋で、垣根《かきね》の外から庭の柿の木が見えた。赤い実は梢《こずえ》の先にひとつだけ残っていた。昔の人は木守《きまも》りといって、来年もよく実がつくようにと、枝に実をひとつだけ取り残しておいた。だがこれを鳥が見つけて食べにくることもある。稲沢家の今年の木守りには、べつの願いが込められているように茶屋の目には映った。

インターホンにはすぐに女性の声が応じた。妻にちがいなかった。

茶屋が名乗ると玄関の引き戸が開いて、髪を薄茶に染めたわりに上背《うわぜい》のある女性が出てきて、鉄製の門扉《もんぴ》を開けた。

茶屋は小さな庭へ一歩入ってから稲沢順二への悔《くや》みを述べた。

稲沢の妻の朋子《ともこ》は無言で頭を下げてから、

「茶屋さんがお書きになったご本、五、六冊読んでいます」

といって頰《ほお》をゆるめた。

彼女は玄関のなかへ茶屋を招いた。白い猫が出てくると、茶屋の顔をにらんだ。きょうは猫に縁のある日だ。

稲沢夫婦には現在高校二年生の娘がいるという。

茶屋は、この付近の人が巻き込まれた三件の事件を話した。

「稲沢は、小学生の女の子が連れ去られた事件には関心を持っていて、車に乗せられたと思われる場所に立ってみたりしていました。なぜかというと、うちの娘も小学生のとき、知らない男の人に腕をつかまれたことがあったんです。うちの子は男の手を振り払って逃げてきました。そういうことがあって、通学路には三か月間ぐらい、子どもの下校を見守る警備員が立っていました。忘れたころに事件は起きるといいますけど、三谷さんのお嬢さんは気の毒でした。……犯人は倉敷まで連れていったようですが、どうして殺したんでしょうね」

「泣き叫んだからじゃないでしょうか。なぜ倉敷の川へ遺棄《いき》したのかは、犯人が捕まらないと分からないでしょう。犯人にとっては倉敷になにか縁があるのかも。……奥さんは倉敷へは……」

「娘が生まれる前の年に、稲沢といきました。『日本一美しい風景』というテレビ番組を観て、広島県福山《ふくやま》の鞆《とも》の浦《うら》を見て、そこで泊まって、倉敷見物にいきました。わたしは美術館でいい絵を見ると動けなくなるんです」

「大原《おおはら》美術館をご覧《らん》になったんですね」

「岸田劉生《きしだりゅうせい》やクロード・モネの絵もありましたけど、小出楢重《こいでならしげ》の絵に初めて会って、釘《くぎ》付けになりました」

「『Nの家族』ですね」

茶屋がいうと、彼女は唾《つば》を飲み込んでうなずいた。

「わたしの絵画好きを稲沢は前から知っていたのに、しばらくのあいだ大原美術館から出られなくなったわたしに、彼は腹を立てていました。お腹《なか》がすいてもいたんです。お前は、これから美術館へは独りでいくといいと、すっかり機嫌《きげん》を損《そこ》ねてしまいました。ですので、美観地区の川沿いの景色はよく見ていなかったんです。……三谷さんのお嬢さんが発見されたのは、別の大きな川の近くだったそうですね」

「高梁川の川沿いの公園付近だそうです」

彼女は、犯人は倉敷か、遺棄現場付近になにか思い入れでもあるのではないかといって、茶屋の顔から視線を逸《そ》らすと、遠くを見るような目をした。

その目が天啓《てんけい》であったかのような報《しら》せが、茶屋に届いた。中野麻子が電話をよこしたのだ。

4

「たったいま、荻窪警察署から電話がありまして……」

麻子はそこで息を継《つ》ぐように言葉を切った。

茶屋は不吉な予感を覚え、身震いした。

「岡山県の倉敷の警察からの連絡で、弟が保護されたそうです」

「保護……。無事だったんですね。無傷でしょうね」

「そうだと思います。弟は倉敷の警察で事情をきかれているそうです。お金を持っていないので、帰ることができなかったようです」

倉敷の警察は身柄引き受け人を待っているが、不審な点がいくつもあるといっているという。

麻子はこれから倉敷へ向かうといったが、心細げだった。彼女には相談できる人がほかにはいないようだ。茶屋はすぐに麻子に会うことにして、朋子には簡単に事情を話した。

朋子は、「お気をつけて」と門扉に手を掛けて茶屋を見送った。

稲沢家から麻子のマンションまでは二百メートルぐらいだった。茶屋は車を駐車場に入れるとクリーム色のマンションに飛び込んだ。

麻子は旅行鞄を床に置いて身支度《みじたく》をしていた。

「倉敷へは、私も一緒に」

茶屋がいうと、麻子は愁眉《しゅうび》を開くように微笑した。今から出ると十六時台の東海道《とうかいどう》・山陽新幹線に乗れそうだが、電車に乗ってから間に合いそうな列車をスマホで検索した。東京を十六時五十分発の「のぞみ」に乗ると岡山に二十時十五分着。「こだま」に乗り換えて二十時三十七分に新倉敷に着く。

「四時間近く……」

彼女はいったことのない土地がどんなかを考えているようだった。

茶屋は東京駅から事務所へ電話を入れた。

「倉敷……」

サヨコは驚いたようだったが、伸之助が警察に保護されていると知って、「よかった、よかった」と繰《く》り返した。

「先月でしたか、倉敷で少女が亡くなった事件がありましたね」

サヨコは、三谷百合亜が遭った事件を思い出したのだった。

「倉敷を流れる高梁川の岸辺で……」

「まさか仲之助さんは、少女の殺害事件を調べにいったのでは」

「彼はそんなことをする人ではないらしい。なにしろ彼は、観光旅行にいった銚子で災難に遭ったんだ。何者かにホテルから連れ出された。まさか遠方へ連れていかれるとは思っていなかっただろう。……また連絡する。列車が出る時刻が近づいた」

「麻子さんは一緒ですね」

「勿論《もちろん》」

「先生は、攫われないように」

麻子は、お茶とコーヒーを買って乗車の列に並んでいた。

「のぞみ」は新横浜から名古屋《なごや》までの一時間半近く停車しない。麻子は右側の窓に目を向けて黙っていた。熱海《あたみ》をすぎたあたりで茶屋は眠ってしまった。列車が京都に近づいたというアナウンスを目を瞑《つむ》ったまま聞いていた。

「お弁当を買っておきましたけど、召し上がりますか」

麻子は弁当の包みを膝《ひざ》に二つ重ねていた。

茶屋は時計をちらっと見てから箸《はし》を割った。


倉敷駅ビルは「サンステーションテラス倉敷」という名称でコンビニや飲食店が入って

いる。駅員に警察署をきくと駅南口から六、七百メートルだと教えられた。駅ビルを出るとデパートがあって明るかった。駅前の造りは他の都市にも似ている。この駅の北口のほうも再開発されて、十年前とはがらりと変わっているようだ。

タクシーで倉敷署に着いた。玄関には照明があかあかと点《つ》いていたが、ドアを入ると人がいる場所だけが明るかった。

本日の泊まり番らしい三十代半ばの制服警官が出てきた。麻子が用件を告げると、「二階へご案内します」といってから、彼女の風采《ふうさい》を確かめるような目をした。遠方からの来訪者なので健康状態に気を遣ったのかもしれなかった。

二階は明るかった。伸之助は窓辺のソファで制服警官と向かい合っていた。彼は灰色のジャケットに紺《こん》のデニムのシャツ、薄茶のズボンという服装で、顔には不精髭《ぶしょうひげ》が伸びていて、髪には油けがなかった。案内した警官が伸之助になにかいうと、彼はうなずきもせず向かい合っていた人のほうを向いたまま立ち上がった。そして振り向いた。

「ああ、お姉ちゃん」

麻子は伸之助に駆け寄ると両手をにぎった。抱き合うかと思っていたら麻子は両手で顔をおおって、背中を波打たせた。

伸之助と向かい合っていたのは三宅《みやけ》という五十歳ぐらいの警部だった。茶屋は三宅と名刺を交換した。麻子が目に涙をためたまま、伸之助に茶屋を紹介し、「先生」だといい足した。

茶屋は三宅に、伸之助が観光にいった千葉県銚子のホテルからいなくなった経緯を話した。三宅はその通りらしいというと、伸之助からきいたことを語った。

「銚子のホテルから、見ず知らずの男に、景色のいいところを案内するといって車に乗せられたということです。男は景勝地どころか街中を走った。走っているうちに、どこを走っているのか分からなくなった。家へ帰りたいというと、帰れないと男はいい、日に二回の食事はコンビニで買った弁当だったということです」

「男がどんな人間か話しましたか」

「きいています。年齢についてははっきりしませんが、茶色のジャンパーを着ていて、運転しながらときどきメガネを掛けたそうです。体格は伸之助さんより背が高くて、彼が家へ帰りたいというと、『おとなしくしていろ』といって、殴《なぐ》ったことも何回かあったようです」

「その男は単独だったんですね」

「独りです。男が伸之助さんを解放したのはきょうの午前中だったようです。『帰りたいなら、勝手に帰れ』といって、美観地区のほうで降ろして走り去ったそうです。彼はひどく空腹を覚えていたのでしょう。うどん屋へ入って、いまは金を持っていないが後で払うので、食事をさせてくださいといったんです。うどん屋では小ざっぱりした服装の彼の切羽詰まった顔を見て、なにか事情がありそうだと判断して、天ぷらうどんを出し、そのあと、店員と相談して、警察へ連絡を入れました。うどんを食べ終えると彼は、店の主人に氏名を名乗り住所は東京だといって、お茶を飲んでじっとしていた。主人は、少し障がいがあるのではないかと思ったといっているそうです」

午前十一時八分、うどん屋の前へパトカーが到着した。そのとき仲之助は店のいちばん奥の席で居眠りをしていた。警官が軽く肩を叩《たた》くと目を開けた。署へ一緒にいってもらうと警官がいうと、椅子《いす》を立ち、主人に向かって、『ご馳走《ちそう》さまでした。お金は後で払います』といって、パトカーに乗った。

署についてから、なぜ金を持っていなかったのかをきくと、倉敷まで移動するあいだに、財布を紛失したようだと答えたという。

「お夕飯は……」

仲之助の横にすわった麻子が、彼の肩に手をあててきいた。

「ここで食べた。カツ丼だよ。おいしかった」

麻子はだれにともなくおじぎをすると、あふれ出てきた涙を拭《ぬぐ》った。それから、三宅警部に伸之助には軽い障がいがあることを話した。

麻子が身元引き受けの手続きをすませた。

三宅は部下に、今夜三人が泊まるホテルの手配をさせた。

そのホテルは国道四二九号に面していた。

麻子が自販機でビールとつまみを買った。彼女と伸之助が宿泊する部屋で、三人は缶ビールの栓《せん》を引き抜いた。彼女はあらためて茶屋がどういう人かを伸之助に話した。彼はビールをうまそうに飲みながら、麻子の話にうなずいていた。


茶屋が、十一月二十六日朝からの経過をききたいと伸之助にいうと、話しますといった。それは予想しない出来事だったが、彼は表情を変えずに話しはじめた。

銚子のホテル浜千鳥で朝食をすませたところへ、ホテルのスタッフがきて、『お迎えの方がお見えになりました』といった。伸之助は迎えにきた男をどこかで見たことがあったような気がした。

彼は宿泊した部屋へもどり、バッグを持って一階へ下り、宿泊料金を払うと、迎えにきた男の車に乗った。

「その男は、名乗りましたか」

「イワハタといいました。ぼくは名刺をもらわないときは、ぼくのノートに名前を書いてもらうことにしていました」

イワハタと名乗った男にそれをいうと、その男は、あとで名刺を渡すからといった。

イワハタは、『内山に急用が出来て、くることができないので、私が代わりに』というようなことをいって車を出した。

仲之助は信用して、内山典幸は銚子付近の景勝地を何か所か案内するといっていたことを話した。するとイワハタは、『そうか』といっただけで、広い川に架《か》かる大きい橋を渡った。いつまで経っても景勝地には着かず、車は走りつづけ、高速道を百三十キロ以上のスピードで走った。

『どこを走っているの。なんかヘンじゃないか』というと、『うるさい。黙ってろ。目を瞑《つぶ》ってろ』などといわれた。イワハタは仲之助からスマホを取り上げた。だれかに連絡するのを恐れたらしかった。

何時間か走ると、見憶えのあるところを通過した。それは善福寺の近くだと分かったので、アパートへ送ってくれたのかと思った。見憶えのある場所を通ったのは一回きりで、あとは山のなかや、田園地帯や、遠くに海が見える道路を走っていた。

イワハタは、『眠い』とか、『疲れた』といっては、二時間ぐらいするとそのたび車をとめて目を瞑っていた。

二人の食事はコンビニかスーパーで買った弁当にペットボトルのお茶。日に一度、コーヒーを買った。彼は弁当などを買うために車を降りるさい、伸之助をにらみつけた。『もし逃げたら、轢き殺す』とでもいっているように目を据えた。

一般道路を夜も走ったが、約二時間の運転が限度らしく、シートを倒して眠った。

イワハタは、『あんたは車を運転するのか』ときいた。伸之助には運転免許証がなかったのでそれをいうと、『しょうのないやつ』といった。

「それ以外に、どんなことを話しましたか」

茶屋がきいた。

「話はしません。ぼくが、どこを走っているのかとか、姉が心配していると思うから、早く帰りたいといったら、姉はなにをしている人か、家族は何人いるのかってききました。姉は独りで、毎日家にいるといったら、病気なのかってききました」

会話らしい会話はそれくらいで、伸之助が帰りたいというたびに、イワハタは、『うるさい。口を利《き》くな』といって、肩や横腹を突いたり殴ったという。

夜中に眠るのは、たいてい畑か田圃《たんぼ》のあいだの農道だった。彼は人が通行する場所を避けているのが分かった。昼間、たまに街なかを通ったがそれは食品を買うためだった。

きょうが何日なのか仲之助には分からなかったので、イワハタにきいた。『十一月三十日だが、なにか予定でもあるのか』といった。『予定はないけど、何日もアパートに帰っていないので、姉は心配していると思う。いつになったら帰れるの』ときくと、彼は急に声をやわらげて、『帰りたいなら、勝手に帰れ』といった。

ここはどこなのかときくと、岡山県倉敷市だといった。きいたことのある地名だとは思ったが、東京からは東のほうなのか西のほうなのか見当《けんとう》もつかなかった。

田圃を向いて、イワハタと並んで小便をした。イワハタが先に車にもどった。仲之助は田に残った切り株の列を眺めていた。と、イワハタは車を発進させた。その車が見えなくなるまで目で追いつづけた。小草の生《は》えた道に取り残された仲之助は、空腹を抱えて歩き出した。何百メートルか歩いて、こんもりとした山を越えると人通りのある街と白壁の建物が見えたのだという。

5

ビールを二本飲むと仲之助は風呂へ入り直した。麻子が、仲之助は風呂好きだといった。浴室からは歌声がきこえてきた。

「機嫌がいいんです。うれしいんです」

彼女は浴室のほうを見てから、

「先生、ありがとうございました」

と、膝に手を置いて頭を下げた。

仲之助が風呂から出てくると、麻子は、「夜、爪を切るものじゃないけど」といって、仲之助の手足の爪を切った。仲之助は姉に片方の手をつかまれながらビールを飲んだ。麻子が、茶屋の分が足りなくなったのでといって、一階の自販機へ買いにいった。

「イワハタと名乗った男は、何歳ぐらいに見えましたか」

のしイカを嚙んでいる仲之助にきいた。

彼は瞳《ひとみ》を動かしてから、自分よりずっと上だと答えた。

「体格は」

「ぼくより大きかった。先生と同じぐらいかな」

茶屋の身長は一七六センチで体重は六十七キロだ。イワハタの身長は茶屋と同じぐらいだが痩《や》せていたという。

どういうつもりかは不明だが、その男は仲之助を攫った。邪魔になると思ってか、いったんは自宅へ帰そうとしたのではないか。だから仲之助のスマホは、吉祥寺駅付近にあるという電波が捉《とら》えられた。だがそれ以降電波は消え失《う》せてしまった。保護された伸之助はスマホを持っていなかった。イワハタは伸之助から取り上げたスマホを破壊したか、川か海にでも投げ込んでしまったのではないか。

「その人は、あんたを銚子のホテルから騙《だま》して車に乗せた。どうしてなのかって、あんたはきいたんでしょ」

麻子は伸之助の赤い顔を見ている。

「何回もきいたよ。ぼくがきくと、うるさいとか、黙ってろっていったんだ。殴ったこともあった。だけどいいところがあったよ」

「いいところって、どんな……」

「弁当を二つ買ってきてね、大きくて、おかずが沢山《たくさん》入っているほうを、ぼくにくれたんだ」

「変わっているわね。同じものを買ってくればいいのに。あんたはそのお弁当を、きれいに食べたのね」

伸之助は彼女に向かって首を縦《たて》に動かした。

イワハタは、袋に入ったピーナッツを買ってきて、伸之助の膝に置いたこともあったという。

「倉敷へはきたことがありましたか」

茶屋も、のしイカを食べながら麻子のほうを向いた。

「ありません。わたしはいってみたいところを、パソコンでメモしていますけど、まだ一か所もいっていないんです。そのなかの三番目ぐらいが倉敷でした。こんなかたちで倉敷へくることになるなんて……。あんたもきたことはなかったでしょ」

彼女は伸之助にきいた。

「ないよ。ここ、なにかで有名なの」

伸之助がきいた。彼にはここがどういうところかの知識がないらしかった。

茶屋は倉敷を簡略に説明した。

——倉敷市は岡山平野の西部。高梁川三角州《さんかくす》から児島《こじま》半島にひろがる商工業都市で、かつては備中《びっちゅう》米の積出《つみだし》港でもあった。一九六七年に児島、玉島《たましま》の二市と合併。七一年には庄村《しょうそん》を、七二年には茶屋町《ちゃやまち》を編入し、旧倉敷市が行政の中心となって、水島《みずしま》地区は県南重工業地域の中心、児島地区は観光と紡織《ぼうしょく》工業、玉島地区は港湾《こうわん》と重化学工業地域として発展。

倉敷の中心部の倉敷川は「汐入川《しおいりがわ》」、「舟入川《ふないりがわ》」または「前神川《まえがみがわ》」とも呼ばれ、昭和三十年代初めまで船による物資輸送が盛《さか》んに行なわれていた。倉敷川周辺の町家や土蔵が建ち並ぶ地区は「倉敷川畔伝統的建造物群保存地区」の名称で、国の重要伝統的建造物群保存地区に選定され、美観地区といわれている。

美観地区には倉敷民藝館、倉敷考古館、大原美術館、倉敷紡績《ぼうせき》記念館などがある。

倉敷の発展と伝統維持には倉敷紡績の初代社長の三男であった大原孫三郎《まごさぶろう》の寄与《きよ》貢献が大きく影響している。美観地区の中心部にある大原美術館は、西洋画家の児島虎次郎《こじまとらじろう》が亡くなったのを悼《いた》んで大原孫三郎が建設を計画して、日本初の西洋美術館として開館した

――

「美術館がある……」

伸之助は茶屋の説明をきくとつぶやいた。美術館に興味があるのかと茶屋がきくと、伸之助は絵画を観るのが好きで、際立《きわだ》って絵を描くのが上手だと麻子がいった。普通よりうまいというのでなく際立っているという点に茶屋は関心を持って、眉の薄い伸之助の顔に注目した。

「犯人の似顔絵を描けるでしょうか」

「描けると思います」

茶屋は一階のフロントへいった。フロントにもロビーにもだれもいなかった。カウンタ

ーには、「ご用の方はこのベルを」と書かれた札が出ていた。宿直係《しゆくちよく》にコピー用紙を十枚ばかりもらって部屋へもどった。伸之助を連れまわした男の顔を思い出して描いてみてくれといった。

伸之助は、茶屋が渡したシャープペンシルをにぎると目を瞑った。男の顔を思い出しているにちがいなかった。

伸之助は小学校へ上がる前から動物や乗り物を描いていたという。彼には外で遊ぶ友だちがおらず、部屋に籠《こも》って絵を描いていた。母や麻子に連れられて動物園や遊園地へいくたびに記憶に残っているものを絵にした。なかでも象は印象が強かったようで、何枚も描いた。描いた絵を見せるのでなく、机の上に重ねてあった。

小学校三年のとき担任教師は、彼の異才を認めて、『将来、絵の道にすすめるのではないか』といい、教師の顔を描かせたこともあった。顔は似ていなかったが、特徴をとらえていて、『実物より好男子に描いてくれた』とほめたらしい。

三年ほど前には、ある出版社の人が麻子の話をきいて、蔵王権現像《ざおうごんげんぞう》の絵を持ってきて伸之助に模写《もしや》してくれといった。伸之助は気乗りしない表情で水彩画の仏像を見つめていたが、四、五日経つと描く気を起こして筆を持った。描きはじめるとものもいわないし、食事もしない。六時間ほどして模写は出来上がった。出版社の人は伸之助の絵を観にきたが、『少しはなれて観ると、本物がどちらなのか見分けがつかない』と評した。本物の仏像は忿怒《ふんぬ》の形相《ぎょうそう》をしているのだが、仲之助が描いたほうは憂鬱《ゆううつ》げで不機嫌であった。出版社の人は仲之助の絵を使う企画を会議に諮《はか》ったようだが、残念ながら採用されなかった。

彼は、銚子のホテルから自分を連れ出して車に乗せ、知らない場所を走りつづけた男の顔を描いた。彼の描いた絵は男の左横顔だった。助手席から見つづけていた顔の記憶が焼きついているようだ。正面からの顔は思い出せないらしい。

絵の男は髪がゆたかだ。額《ひたい》がせまく、眉が濃く、目は大きい。鼻は高く外国人のように先端がとがっている。唇は厚めで、顎《あご》は小さい。どちらかというと丸顔ではないか。

彼は横顔を五枚描くと、

「これかな」

といって一枚を茶屋に渡した。実物に近いというのだろう。

茶屋は思わず、

「うまい」

とつぶやいた。絵を正式に習ったわけではないらしいが、生まれつきの資質がかたちよくペンを運ばせるらしい。

このホテルも朝食はバイキング形式だった。

茶屋は、ロールパンとハムとオムレツをトレーにのせた。麻子は食欲がないのか、皿にサラダを盛ったが、トレーを持ったまま立っている。伸之助がなにを食べるかに茶屋は興味があった。彼はまず、水と牛乳とジュースをテーブルに運ぶとトレーを持った。ポテトサラダを皿に盛り、パンを三枚焙《あぶ》った。ハムを何枚も重ね、小鉢《こばち》にケチャップを入れて持ってきた。ケチャップが好きらしく、ハムにつけて食べ、トーストパンにものせて食べた。麻子が生野菜の皿を伸之助の前へ置いた。彼はなにかを思い出したように立っていくと、茹《ゆ》でタマゴを二つ持ってもどってきた。茹でタマゴの殻をむくと、それにもケチャップをつけた。牛乳もジュースも飲み干した。

「先生にコーヒーを」

麻子が伸之助にいいつけた。彼自身はコーヒーを飲まないのか、白いカップを一つだけトレーにのせてきた。

食事がすむと茶屋はロビーのソファで地元の新聞を広げた。読むふりをして伸之助を観察していた。彼は角柱に貼られた海の写真のポスターをじっと見ていた。

若い女性の五人連れがロビーの中央で話し合って笑い声を立てた。伸之助はまるで知り合いに話し掛けるように近寄った。女性たちは困惑した笑みを浮かべて外へ出ていった。

茶屋は倉敷署へ、伸之助が描いた似顔絵を持っていくことを提案した。麻子は黙ってうなずいた。

倉敷署では防犯課の三宅警部に会い、伸之助が描いた似顔絵を見せた。

「ほう、これが犯人の横顔ですか」

三宅は絵に目を近づけたりはなしたりした。

「よく描けているでしょ」

「中野伸之助さんは、絵描きかイラストレーターですか」

「そうではありませんが、すぐれた才能の持ち主です」

「正面からのものはないのですか」

「犯人を正面からも見ていたでしょうが、記憶に自信がない。自信のある左横顔だけを描いたんです」

「こだわりのある性格のようですね」

伸之助を早く東京へ連れ帰るべきだったが、茶屋は、絵画に関心のある彼に大原美術館を見学させたいといった。麻子もそれを望んでいるのだった。

「それなら監視役をつけましょう。見学は大原美術館のみということにしてください」

三宅の手配で三十代半ばと二十二、三歳と思われる男性警官がやってきた。茶屋は二人の警官に、

「私たちは三人で美術館を見学しますので、そっと見ているだけにしてください」

といった。二人は微笑した。彼らは大原美術館を見学したことがあるのだろうか。

警察の車は、旧大原家住宅近くの駐車場にとめた。倉敷川をまたぐ今橋《いまばし》を渡った。観光客が何人もいた。この橋は一九二六年（大正十五年）、皇太子だった昭和天皇の行啓《ぎょうけい》にさいして大原孫三郎が寄贈したものである。長さ十メートルほど、幅二メートルほどの小さな橋だが、鉄筋コンクリート造りで、欄干《らんかん》には菊と龍の文様《もんよう》が施《ほどこ》されていた。

大原美術館はギリシア神殿風だ。伸之助は正面に立ちふさがるように建物を見上げた。見学者は彼をよけて正面から入っていく。正面には、ロダンの「カレーの市民」と「洗礼者ヨハネ」のブロンズ像が入場者を迎えている。

茶屋と麻子は、伸之助の後ろを歩くことにした。伸之助は十分あまり重厚な建物を見上げてから館内へ入った。この美術館設立の基礎となった児島虎次郎の収集品を中心に、世界の名画が展示されていた。クロード・モネの「睡蓮《すいれん》」、エル・グレコの「受胎告知《じゅたいこくち》」、パブロ・ピカソの「頭蓋骨《ずがいこつ》のある静物」。岸田劉生や藤田嗣治《ふじたつぐはる》などの作品があって、稲沢朋子が釘付けになったという小出楢重の「Nの家族」の前に立った。伸之助もその絵に惹《ひ》かれ

てかしばらく足をとめていた。
監視役の二人の警官も役目を忘れたように名画に見入っていた。
茶屋は何度か後ろを振り向いたが、一行を尾けていそうな人間はいないようだった。

三章　見守る人

1

東京行きの列車内で茶屋は仲之助に、彼を連れまわした車のナンバーを憶《おぼ》えているかときいた。それは昨夜もきいたことだったが、仲之助は憶えていないといってから、

「世田谷でした。まちがいない。世田谷です」

といった。世田谷は近年新設されたナンバーである。したがってほかの地域ナンバーよりもそれを付けている車は少なそうだ。

車の色は黒。これは鮮明に記憶しているようである。車のタイプをきくと、昨夜も普通の乗用車だったと答えた。

倉敷署は仲之助から同じことをきいているので、市内の防犯カメラの映像を調べている

と、三宅警部はいっていた。

イワハタと名乗っていた男は、十一月二十六日の朝、銚子のホテル浜千鳥で伸之助に会い、迎えにきたといって連れ去った。

するとホテルかその付近の防犯カメラが、犯人の男か、男が乗ってきた車をとらえていそうだ。

伸之助は十一月二十五日に列車で銚子へいった。犯人の男はその彼を尾行《びこう》していたのか、偶然見かけたのか。伸之助は犬吠埼で灯台へ上って歓声《かんせい》を上げていた。灯台の近くには観光客の車が何台もとまっていた。犯人はそのなかからロックされていない車を盗み、その車で、内山典幸が運転する白い軽トラックを尾行していたのかもしれない。

車を盗まれた人は警察へ届けたはずだ。届け出を受けた銚子署は防犯カメラの映像を調べたことだろう。防犯カメラは、盗まれて走り出した乗用車をとらえているかもしれないが、運転者の顔まではとらえることができたかはわからない。

犯人は不敵《ふてき》にも、盗んだ車で伸之助をホテルへ迎えにいき、東京へ走った。いや、いったんは東京で足をとめたようだが、そのあとは走りつづけて、静岡を越え、名古屋、大阪を飛び越えて倉敷に着いた。そこで気が変わったのか、伸之助を解放した。

なぜ伸之助を攫《さら》って連れまわしたのか。なぜ倉敷まで足を延ばし、そこで解放したのか。

仲之助を連れまわしたことと関連があるのかどうかは不明だが、ひとつだけ思いあたることがある。

それは三谷百合亜事件だ。彼女の住所は東京杉並区の善福寺。彼女は十月十日、下校途中に姿を消した。誘拐《ゆうかい》されたものとみて警察捜査はすすめられていたが、十四日になって倉敷市の高梁川の川岸で遺体で見つかった。そこは彼女にも家族にもあまり縁のない場所だった。彼女は車で連れ去られ、遺棄《いき》されたにちがいなかった。

その事件と仲之助を結びつけるものといったら、彼の住所も善福寺ということぐらいだ。

新幹線車中で麻子と仲之助は、昨夜までの睡眠不足を取りもどそうとしているかのように眠っていた。

東京駅に着いた。三時間四十五分ほどかかった。

茶屋が食事をしようと誘った。なにを食べたいか仲之助にきくと、「おすし」といった。

駅から一歩外へ出た。麻子は仲之助の手をにぎっていた。駅前にある巨大なビルの三階のすし屋へ入った。信号を渡る際も、エスカレーターに乗ってからも、茶屋は仲之助にぴたりとからだを寄せ、不審者が尾《つ》けていないかと目を配った。

食事どきには少し早いからか、すし屋はすいていた。好きなものを頼みなさいと茶屋がいうと、伸之助はネタが並んでいるガラスケースを端から端まで見ていた。彼はまず、マグロとアジとアナゴをオーダーした。麻子は、コハダとマダイのコブ締めにした。

「おいしいね」

麻子が伸之助にいったが、彼はガラスケースをにらんで、ふたたびマグロとアジを食べてから、ホッキガイを頼んだ。ホッキガイを知っているのが意外だと思ったので、「好きなのか」と茶屋がきくと、

「函館にいったとき、初めて食べました。おいしかったので、次の日も食べました。お姉ちゃんは、好きじゃないんです」

麻子は普段から食が細いのか、きょうも食欲がないのか、四貫食べるとシジミの味噌《みそ》汁の椀《わん》を両手にはさんでいた。

客が入りはじめた。ねじり鉢巻《はちまき》の男たちが威勢《いせい》のいい声で客を迎えた。

茶屋は伸之助を麻子のマンションへ送った。彼は靴《くつ》を脱がなかった。

「帰るんですか」

伸之助は意外そうな顔をした。この辺が普通とは違うということか。

麻子は、世話になったと深くおじぎをした。

伸之助に茶屋は、「また会いましょう」といって握手した。「外へ出るときは気をつけてください」といってドアをはなれたが、後ろ髪を引かれるような気がして振り返った。

駅へ向かいかけると、菓子屋の前で仔猫《こねこ》を抱いた女性に会った。

「あ、きのう、マンションの二階へ、猫が落ちて……」

「一階の屋根です」

彼女は茶屋にいい直せというようないいかたをした。茶屋は、猫は可愛《かわい》いが女は小憎《こにく》らしいと思い、そこを通り過ぎた。

渋谷の事務所に着くと、デスク上のA4用紙にマジックペンで黒ぐろと書かれた伝言があった。

[遠方までご苦労さまでした。お帰りになったらすぐに、牧村さんに電話してください。倉敷は、わたしが行きたい土地のトップに挙げているところ。四、五日かけて行ってきたい。サヨコ]

[お帰りなさい。お疲れさまでした。

戸棚におおいなりさんを入れておきましたので、お腹《なか》がすいてたら。ハルマキ」

牧村のケータイに電話した。電話口の向こうでかすかに音楽が鳴っている。女の笑い声がしている。

「やあやあ、茶屋先生、お元気ですか。メシを食べてますか」

牧村はすでに酔っているらしい。

「また歌舞伎町《かぶきちょう》の店にいるんだね」

「よくお分かりですね。まるで私の後を尾けてるみたいじゃないですか。先生は、倉敷へいっているそうですが。しゃれたジーパンの一本も買うつもりですか。おやめなさい。茶屋次郎にジーパンは似合わない。それより、私の普段着用に、デニムのシャツを一着でいいですので、買ってきてください。サイズはM。ボタンは貝殻《かいがら》でつくったのがいい。私はなんでも着こなせるので、どこかにちょいと遊びごころを細工した……」

「もう東京へ帰ってきたところだ。これからひと仕事しなくちゃならない。あんたはいいよね、毎晩、毎晩、チャーチルだかパーチルだかっていう店で、おねえさんの細くて長いあんよを見ながら、飲んでいられて」

「あれ、先生、ご機嫌《きげん》ななめなんですね。もう帰ってきちゃったんですか。それじゃ、貝殻のボタンのシャツは……」

「そんなの知らないよ。私は忙しい」

「ちょ、ちょっと待って。電話切らないでください。……先生がいってきたクリハシには……」

「倉敷」

「そう。そこには、川は流れてないの」

「JR倉敷駅の北西約二キロのところに、かつては暴れ川と呼ばれた高梁川が流れているし、美観地区のド真んなかを倉敷川が貫《つらぬ》いている」

「いい景色ですか」

「倉敷川は、両岸を石垣でかため、岸辺は柳の木で飾っている。そして白壁の土蔵と町家の建物が並んでいて、美術館がある」

「よさそうなところですね。先生はそこへいったのに、なんで私に無断で帰ってきちゃったんですか」

「用事がすんだ。いや、犯罪に巻き込まれた人を、倉敷の警察署から東京の自宅まで送り届けてきたんだ。その辺の事情は、あんたが酔っていないときに話す。あんたは、その店のねえちゃんと盛り上がって、喉《のど》が破《やぶ》れるまで飲むといい」

「なんだか、ヤケクソみたい……」

牧村はまだなにかいっていたが、茶屋は通話終了のボタンを押した。

「週刊パンダ」のエッセイの締め切りはあしただった。茶屋はいつも、締め切りの二、三日前には原稿を送っている。「週刊パンダ」には五枚のエッセイの寄稿を二年前からつづけている。主に身辺《しんぺん》の出来事だが、起こったことがない出来事を、まるで体験したかのように書くこともある。

彼は善福寺のマンションで目撃した仔猫の救出劇を書くことを思いついた。あれが生後三、四か月の仔猫でなく、おとなの猫だったらどうだろう。

――三階の手すりから滑り落ちた先は一階の庇《ひさし》だった。猫は道路へひょいと飛び下りると、近くの公園の草むらか古木の根元で、これからどうしようかを思案《しあん》する。飼い主は水商売のおねえさんで、とうに三十の角を曲がっている。入念に眉《まゆ》や目の周りを描いて、住まいを夕方出ていって、真夜中か朝方帰ってくる。帰ってくると、酒臭い息を吹っかけて、からだじゅうを揉《も》みくちゃにするような可愛がりかたをするし、餌《えさ》を食べきれないほどくれる。食べ残しの上へ山盛りにする。

鼻歌をうたっているが、ベッドにごろりと横になると、いびきをかく。夜中でも朝でも、一緒に遊んでもらいたいし、可愛がって欲しいときがあるのに、午後まで眠っている。土曜と日曜は、勤めている店が休みらしいので、平日のようにシャワーを浴び、一時間もかけて化粧はしないが、夕方から出掛けることが多い。帰ってくると、他人の匂いを身にまとっている。

これの繰《く》り返しだから、じつは毎日が退屈《たいくつ》で、あくびさえも出ない。飼い主に見つけられないうちに旅に出ようかと考える。人さまが住んでいる界隈《かいわい》を徘徊《はいかい》しているかぎり、食べる物には困らないと思うし、これまでのように同じ味の餌をもらっているより珍しい物を味わえそうだ。毎日歩きまわれば運動不足も解消する。川や湖を見ることもできそうだし、知らない町へ旅する楽しみもある。それと思いがけない出会いが待っているかもしれない――

2

月曜日。事務所へ出ると来客が茶屋の出勤を待っていた。客の前には空《から》になったコーヒーカップが置かれている。

「遅いじゃないの」

牧村だ。彼は冬だというのに水色のジャケットだ。

「いつもの時間だ。あんたがくるのが早かったんだろ」

「オーナーが時間にルーズだと、長持ちしないよ」

「朝から説教か。奥さんと揉めごとでもあって、機嫌がよくないのか」

「うちの家内《かない》は、よく出来ていて、私に対して不平や不満をいったことがない」

「それは、いってもあんたが直そうとしないので、諦《あきら》めて、口を利《き》かないことにしているんだろ。口に出せばいい合いになる。あんたにはとうに愛想《あいそ》を尽《つ》かしているのかも」

「私は家内に嫌われるようなことは、ひとつもしていません」

「そこが問題だな」

ハルマキがマグカップのコーヒーを茶屋の前へ置いた。

「私にもう一杯くれませんか。会社で飲むコーヒーよりずっとおいしい」

問題とはなにか、と牧村がきいた。

「毎晩とはいわないが、週のうち二日はヘベレケ状態で帰宅する。仕事上の飲み食いじゃない。惚《ほ》れた女がいて、その店へ通っている」

「それ、悪いことじゃないと思いますけど」

「悪いことなんだよ。奥さんには仕事だといってるらしいが、仕事とはぜんぜん関係のない店で、好きになった女の手をにぎったり。それは背信行為《はいしんこうい》。奥さんを騙《だま》している。奥さんは騙されていることを知っているが、黙っている。ほんとうは、あんたの下着なんか洗って干したりなんかしたくないんだ。踏んづけて裂いてやりたいのをこらえているんだよ」

ハルマキは、白いカップに注《そそ》いだコーヒーを牧村の前へ置くと、彼の顔をじっと見てから下がった。

「きょうは、なんの用事……」

茶屋はいいながら、朝刊を引き寄せた。

「次の名川シリーズの取材地。まだ正式に決めていなかった。どこにしましょうか。この前は、郡上八幡とかいっていましたけど、いかにも地味です。郡上八幡は盆《ぼん》おどりが知られていますけど、川の名がどうも」

「岡山県倉敷市の高梁川、そして市の中心部を流れる倉敷川。事件があったのでそこへいっていたが、もう事件はすんでしまった」

「事件は、すんでいないでしょ。東京の女の子が攫われて殺された。なぜそんな遠方へ連れていかれたのか。……やっぱりその現場となった高梁川がいい。だいいち倉敷市がいい。あそこはいまや観光の目玉です。川沿いをただぼけっと歩いて、そこの風景や、川に舞い落ちた柳《やなぎ》の葉の行き先や運命や、似合ってもいないかたちや色や柄の服を着て、遠くから旅費を遣《つか》ってきた女の子の、いびつな顔つきを書いたところで、わが『女性サンデー』の目の肥《こ》えた読者は、面白《おもしろ》いとは思わない。……先生、事件です、事件。川には事件が似合うんです」

「あんたの頭からは土曜の酒が抜けていないから、事件、事件っていっているけど、都合のいいところに事件が転がっているわけがない」

「事件がなければ、先生が責任をとって、事件を起こすんです。茶屋次郎は、そういうことを商売にしている生きものなんです。それをお忘れにならないで。……あ、私は、こんなところでこんなことをしてはいられなかった。きょうは、太鼓腹《たいこばら》の小石川鞠子《こいしかわまりこ》先生から玉稿《ぎょっこう》を頂戴《ちょうだい》する日でした。小石川先生はいまも細字の万年筆で、グレーの罫《けい》の原稿用紙にお書きになり、四、五枚のエッセイでも編集者に直接手渡しです。私が千代田《ちよだ》区五番町《ごばんちょう》のお宅へうかがうと、それは香りのいい紅茶をすすめてくださり、一時間ほど、世間の移り変わりや出来事についてのお話をうかがい、帰りがけには、かならず鞄《かばん》にはとても入りきらない菓子折りを、持たせてくださいます。この前、いただいたのは……」

「もういい。八十をとうにすぎた小石川鞠子のことなんか、きいていられない。私は忙しい」

茶屋は床を蹴《け》るように立ち上がった。

牧村は、上着の埃《ほこり》でも払うような手つきをして出ていった。

茶屋は、中野伸之助のことが気になったので麻子に電話した。

「先生、こんにちは。きょうは電話を差し上げようと思っていました」

「伸之助さんには、変わったようすはありませんか」

「ありがとうございます。けさは張り切って見守りをしたといって、さっきここへ顔を出して帰りました」

「見守り。見守りというと学童の登校の……」

「そうです。一年ほど前から、自宅にいるかぎりつづけています」

伸之助が学童の見守りをやっていたのは意外だった。

茶屋はメモを取っているノートを開いた。

善福寺に住む三谷百合亜は、下校時に何者かに攫われて殺害され、倉敷市の高梁川畔へ棄《す》てられた。彼女が誘拐された二週間後、同じ善福寺に住んでいる稲沢順二が轢《ひ》き逃げされた。そしてほぼ一か月後にはやはり善福寺に住んでいる中野伸之助が、旅行先の銚子からイワハタと名乗った男に連れ去られて、倉敷へ連れていかれた。三件の事件の犯人はひたすら倉敷を目指して走っていたように見える。茶屋の勘が同一犯の事件だとささやいていた。

百合亜は殺されて発見されたが、伸之助は無傷だった。百合亜は、恐い、家に帰りたいと泣き叫んだにちがいない。だから始末に困って殺したのではないか。伸之助はほとんど喋《しゃべ》らなかった。たまに、どこまでいくのかとか、帰らないと姉が心配しているなどと訴える程度だったという。

茶屋は稲沢朋子に電話した。車で轢き殺された働き盛りの夫の妻である。

「稲沢さんは、「善福寺小学校にご縁がありましたか」

善福寺小学校は、稲沢が出た学校ですし、娘も同じ小学校の卒業生です。そういう関係もあって、毎朝、登校の見守りをしていました」

仲之助も自主的に小学生の見守りをしていた。この行為が、女の子を殺害した犯人の異常な神経を逆撫《さかな》でしたのではないのか。

「先生。仲之助さんを連れまわした犯人は、倉敷に執着《しゅうちゃく》するものがあるような気がします」

サヨコは椅子《いす》を立っていった。長時間すわりつづけていると、尻が痛くなるからではないらしい。

「そだな」

「あ、真似《まね》した」

ハルマキだ。

「なにを……」

いう。

茶屋はハルマキのほうを向いた。北海道のカーリングの選手の口調《くちょう》を真似たのだろうと

そのつもりはなかったが茶屋は首を左右に曲げた。どこの言葉なのかはっきりしないが、人と話しているあいだに方言が出るとある人にいわれたことがある。たしか、冷えたり凍りつくことを「しみる」といった。信州《しんしゅう》でも、飛騨《ひだ》地方でも使われている。あちらこちらを旅行しているので、会話のあいだに方言がまじることがあるらしい。

「先生は倉敷へいくべきです。倉敷で、なぜ百合亜ちゃんが殺されて遺棄されたのか、なぜ伸之助さんが倉敷へ連れていかれたのかを、じっくりと、慎重に、正確に調べる必要があります」

サヨコは、指揮官になったようないいかたをした。

「倉敷へはいってきたが……」

茶屋は額《ひたい》に手をあてた。

「それは、伸之助さんを迎えにいっただけです」

「倉敷の警察へもいってきた」

「それは、身柄引き受けの手続きだけでしょ」

サヨコの言葉には棘《とげ》があったが、彼は彼女の白い顔をにらむだけにした。

サヨコはつづけた。

「現地では、犯人はどうして仲之助さんを倉敷へ連れてきたのかを、深く考えなかった。……仲之助さんがどういう人間か、それの観察で精いっぱいだった。うどん屋へ入って、『お金を持っていないけど食事をさせてください。お金はあとで払います』といった仲之助さんに関心があった。……それから美術館。あ、その前に犯人の似顔絵を描かせた。これらはみんな、先生のちょっとゆがんだ好奇心と関心事からのことであって、事件の追及にはなんら役立っていない。それともうひとつ……」

サヨコは、ぼうっと立っているハルマキに水を要求した。

「とびきり美人ってわけじゃないけど、清楚《せいそ》で、控え目で、教養をそなえていそうな麻子さんに惹《ひ》かれた。彼女の弟思いにも同情した」

サヨコはまだなにかをいいつづけていたが、茶屋は倉敷を紹介している本を見にいってくるといって、事務所を抜け出した。

3

一週間ほど経った十二月十日の昼少し前、中野麻子が茶屋に電話をよこした。

仲之助になにか異変でもあったのではないかと、茶屋は身構《みがま》えた。

「けさ、荻窪警察署の方がお見えになりまして、弟のその後のことをきかれましたが、その際に意外なことをうかがいました。茶屋先生はお忙しいし、わたしたちの個人的なことなどおききになるのは、煩《わずら》わしいでしょうけど、事件に関係がありそうなことでしたので、お耳に……」

と遠慮がちないいかたをした。

「煩わしいなんてことはありません。荻窪署の人は、どんなことを話したんですか」

「わたしのところから西武新宿線の上石神井《かみしやくじい》駅へ向かって二百メートルほどのところに、［コーライハイツ］というマンションがあります。そこの三階に住んでいる六十歳の女性が、何日か前に、車に乗った男の人に連れ去られたんです。その女性も二、三日後に、倉敷で解放されて、現地の警察に世話になったということでした。警察は、女性の身の安全を考えて、連れ去られたことについては公表を控えていたんです。その女性が連れていかれたのが倉敷でしたので、警察の方は、わたしに会いにおいでになったんです」

警察官は、まず仲之助に会ったのではないか。いろいろと質問したが、納得できる答えを得られなかったので、麻子を訪ねたのだろう。

茶屋は、異常な音をきいた犬か猫のように、ぴんと両耳を立てた。

六十歳の女性を車で連れ去った犯人は、倉敷へいき、そこで解放した。茶屋は、高梁川や倉敷川の取材にいくつもりでいたので、その事件に強い関心を持った。

事務所にじっとしていられなくなった。取材の七つ道具を鞄に押し込むと、

「いってくる」

といって椅子を立った。

「どこへ……」

サヨコが丸い目をして眉をぴくりと動かした。

茶屋は、サヨコとハルマキに麻子の電話の内容を簡単に話した。

「倉敷で解放……。ヘンな犯人ね」

サヨコは宙をにらんだ。

「ヘンな犯人にも会いたい」

茶屋は、西武新宿線の上石神井駅で降り、真っ直《ます》ぐ南を向いた。大型スーパーマーケットの横を通過すると、見憶えのある住宅街へ入った。この前、麻子の住居を車で訪ねる途中で、仔猫の救出に出くわし、それを見ていた。仔猫は三階から転落して一階の庇で震えているところを、通報で駆けつけた救急隊員に救助され、無事飼い主の腕に抱かれた。そのマンションの前を通ることになったので、立ちどまった。玄関には［コーライハイツ］

の文字が柱に刻《きざ》まれていた。このマンションの三階に住んでいる六十歳の女性が、ヘンな犯人に車で連れまわされたということだった。

麻子に会った。

「荻窪署の刑事さんは、弟に会って、銚子のホテルから倉敷まで車で連れていった男の風《ふう》采《さい》などをききましたけど、弟は男の横顔を描いた絵を見せただけで、詳しいことを話さなかったんです」

「伸之助さんは、ひどい目に遭《あ》ったんです。なぜ詳しく話そうとしなかったんでしょう」

「刑事さんのききかたがいけなかったんじゃないかと思います。弟は、喋れというふうに尋《じん》問《もん》調のききかたをすると、つむじを曲げてしまうものですから。相手がなぜ犯人のことを知りたいのかが分かっているのに、知らないとか、憶えていないといったそうです」

男に車で連れまわされた女性は、どういう人なのかを茶屋はきいた。

「職には就《つ》いていないようです。マンションで独《ひと》り暮らしをしていて、朝は学童の見守りをしています。わたしは何度かお見かけして、『ご苦労さまです』と声を掛けたことがあります。学童の見守りが終わると、雨の日でないかぎり二キロぐらい歩くそうです。十二月四日は、いつものように歩いているところを、犯人になにかいわれて、車に乗ってしまったんじゃないでしょうか」

被害者の女性の名は鈴川《すずかわ》ミヨ子《こ》。どのような事情かは知らないが独り暮らしだと麻子はいった。

その女性に会えるかどうかは分からないが、茶屋は訪ねることにした。

鈴川ミヨ子の住まいは、この前、仔猫を三階のベランダから転落させてしまった女性の部屋の隣《とな》りだった。猫を飼っている女性とはこの前、道で会っていた。彼女は仔猫を抱いて菓子屋の前に立っていた。水商売勤めらしいがその日は休日だったのだろう。髪を茶色に染めていて、無愛想《ぶあいそう》だった。

鈴川ミヨ子の部屋のインターホンを押した。不在かなと思ったら、「はい」と小さな声が応《こた》えた。

茶屋は名乗った。

「茶屋次郎さんて、新聞や雑誌で、ちょくちょくお名前を見る茶屋さんですか」

「はい。たしかに、あちこちに雑文を書いている茶屋です」

「そんな方が、わたくしに、なにか……」

「このたびは、ご災難にお遭いになられたそうで。じつは私は、あなたがお遭いになった事件に、関連したことを……」

茶屋がインターホンに顔を近づけて、なんとか簡潔《かんけつ》に用件をと思っているところへ、ドアが少し開いた。暗いところから白い顔が風采《ふうさい》をうかがっている。

彼は一歩退《ひ》くと一礼した。

ドアが三十センチほど開いた。

「茶屋次郎さん、ご本人ですね」

面相を確かめたようだ。茶屋はもう一度頭を下げた。

「だれかが見ているかもしれないので、どうぞなかへ」

せまいたたきには薄茶色の靴入れが立っていて、その上には黄色の花が一輪、透明の瓶《びん》に挿《さ》されていた。床には黒い靴とつっかけがそろえてあった。彼女はもこもことしたスリッパを履《は》いていた。ベージュの底の硬いスリッパをそろえると、「どうぞお上がりください」といった。

リビングには椅子が三脚据えられていて、キッチンの壁ぎわにはテーブルが置かれ、簡素で清潔な雰囲気があった。無駄な物を置いていないところがなんとなく余裕のある日常を感じさせた。

「わたくしの災難は、新聞にも載らなかったようですけど、茶屋さんはどこで嗅《か》ぎつけていらしたんですか」

彼女の背筋はぴんと伸びていて、身長は一六〇センチぐらいの中肉《ちゅうにく》である。声はかすれていない。頰《ほお》に少したるみが見られるが肌は白いほうだ。目のまわりと口の周囲に細い皺《しわ》の集まりがあるが、六十歳にしては若く見えるほうではないか。

「じつは以前、私の知り合いの弟が、鈴川さんと同じような目に遭いました。遭遇した事件をきき、それが鈴川さんのご災難とよく似ていることを知ったんです。……私はその姉に協力して、一時行方不明だった弟の行方《ゆくえ》さがしをしていました。……さがしているあいだに、倉敷の警察から知らせがあって、何者かに連れ去られた彼は保護されていました」

「わたくしも倉敷の警察に厄介《やっかい》になりました。一週間ほど前にも、そこでいま茶屋さんがおっしゃったような事件があったことを刑事さんからききました」

「鈴川さんを連れ去ったのは、どんな人間でしたか」

彼女は犯人の男の顔立ちを思い出そうとしてか、窓を向いて目を細めた。

「身長は、茶屋さんとちょうど同じくらいでした。髪がどっさりあって、眉が濃かった。車を運転しながら、ときどきわたくしを見ましたけど、大きい目で、恐い顔でした」

「鈴川さんは、その男の顔をじっとご覧になっていたんですか」

「じっとなんて見ていません。ときどきです」

茶屋はバッグのなかからＡ４用紙を二つ折りしたものに描かれた、似顔絵を取り出した。伸之助が犯人を思い出しながら描いた絵のコピーである。

「あらっ、茶屋さんもこれを。倉敷署でも同じものを見ました。鼻が高いのも鼻の先がとがっているところも特徴的です。悪いことをしていなければ、いい男だったと思います。歳ですか。四十代後半ではないでしょうか。働き盛りなのに、こんなことをしていていいのってわたくしがききましたら、『うるさい』とか『やかましい』とかって、怒鳴《どな》るような声を出したこともありました。わたくしはなるべく逆らわないようにして、逃げ出すスキをうかがっていましたけど、逃げ出しても、すぐにつかまりそうな気がしたので、おとなしくしていたんです」

「どこを走っていたか、分かりましたか」

「あまり高速道路を使わず、一般道を走っていましたけど、道中分かったところもありました」

「それはどこでしたか」

「熱海です。しばらく海を眺めて走っていました」

「熱海からは伊豆《いず》半島を……」

「いいえ、山のなかのような道路を通っていっていましたけど、右のほうに富士山《ふじさん》が見えました。海をずっと見ていましたけど、清水《しみず》で車を降りました。彼はわたくしに、『逃げないと約束できるなら、食堂へ入るがどうだ』といって、顔をにらみました。逃げて騒げば、わたくしを助けてくれる人がいるでしょうけど、助けられる前に怪我《けが》でも負いそうな気がしたものですから、分かったといいました。入ったところは港の近くの市場でした。市場のなかに食堂がいくつも並んでいましたけど、お客が入っていない店へ入りました」

彼女と犯人は、その店でマグロ丼を食べたという。

その日は静岡県の菊川《きくがわ》市あたりで、夜をすごすことになった。犯人はコンビニかスーパーで弁当とお茶を二つずつ買ってきた。ミヨ子は弁当を半分も食べられなかった。

犯人の男は、彼女に話し掛けることもなかったが、一度だけ、『家族はだれとだれですか』と敬語できいた。

彼女は、『娘が二人いますけど、所帯《しょたい》を持って、杉並区内と練馬《ねりま》区内に住んでいる。孫がいるのでときどき会いにいっている』と話した。それに対して彼は感想を話さなかった。

茶畑に入った。農道は傾斜していた。

彼女が恐る恐る横になりたいというと、後ろのシートで寝《やす》めといった。彼は助手席を頭にして眠っていた。寝苦しいらしく、しょっちゅう動いていた。

朝方、雨が降り寒くなった。薄い霧が張った浜名湖《はまなこ》を渡った。

豊橋《とよはし》では広い川の河口近くで、二時間ばかりぼんやりと対岸を眺めていた。

蒲郡《がまごおり》はミヨ子には懐《なつ》かしいところだった。十年ほど前、ある人が、夕暮れに鳶《とんび》が、知《ち》多《た》半島と渥美《あつみ》半島の二つの半島の間を群れになって渡ると新聞に書いていた。それを読んだ彼女は無性に蒲郡へいってみたくなり、長女を誘った。長女も新聞の記事を読んだといった。次女も誘ったが都合がつかなかった。

蒲郡の西浦《にしうら》温泉のホテルの窓辺に椅子を並べて、長女と海を向いた。天候に恵まれた。陽《ひ》ははるかかなたの陸地に沈もうとしていた。そのころから黒い鳥が一羽、また一羽と右手のほうから左手のほうへ悠然《ゆうぜん》と去っていった。陽が沈んで空の雲を下から照らしていた。そのとき五、六羽の鳶が真上を飛んだ。つづいてまた五、六羽がゆったりと羽を広げて左手方向へ消えた。一羽で飛ぶのもいたが十羽ぐらいが一斉《いっせい》に頭上を越えていったこともあった。

車の混雑の激しい名古屋を通過するときには、男は車の多さをなじっていた。

いつか紀伊《きい》半島をめぐることになったら、潮岬《しおのみさき》で太平洋に大声で叫ぼうと思っていたが、そちらにはまわらず、草津《くさつ》と大津《おおつ》で琵琶《びわ》湖《こ》を右目にちらりと入れた。たぶん京都との境と思われる山地が見えるところで、男は、『疲れた』というふうに肩を落として息を吐いた。

　京都市内で二千円以上だろうと思われる弁当を買ってくると、ミヨ子の膝《ひざ》にのせた。が、自身はにぎり飯を二つ海苔《のり》に包んで食べていた。京都では寺院と思われる長い塀《へい》に張りつくように停車して、朝を迎えた。

　大阪と、新しいビルが建ち並んでいる神戸《こうべ》を飛び越えた。明石《あかし》海峡大橋を渡るのかと思ったが、車はときどき左側に海を見せて姫路《ひめじ》に着いた。白い城がちらりと見えた。ガソリンスタンドへ寄ったとき、店員に助けを求めることもできたのだが、騒動を起こしたくなかったので、車のなかでじっとしていた。

　岡山県に入ったことが電柱の住居表示で分かった。三十分ほど走ったところでトイレを要求した。きれいな公園を見つけて、車を降りた。誘拐されてからというもの、いつも彼女が用足しをするとき、彼はトイレの近くで待っていたのに、彼女が出てくると彼はいないし、車もなかった。彼はどこへいったのかと彼女は四方へ首をまわした。十五、六分経《た》っても彼は姿をあらわさなかった。無理矢理連れ去られたのに妙ないいかただが、彼女は棄てられたと感じた。夕暮れがすぐ近くに迫っていた。

　彼女は公園を出て電柱の住居表示を読んだ。倉敷市だった。彼女が一度はきてみたいと思っていたところだが、そこは古い家が並んでいるだけで観光名所の雰囲気はどこにもなかった。近くの家に灯《あか》りが点《つ》いていた。

彼女は灯りの点いている家へ声を掛けた。すると自分よりいくつか歳上に見える女性が出てきた。『じつは右も左も分からないところへきてしまいました』と告げると、髪の白くなった女性はミヨ子をじっと見てから、『帰るおうちが分からなくなったんですね』といった。東京から見ず知らずの男に車に押し込まれて、連れまわされたのだなどと話したら、相手は仰天すると思ったので、ミヨ子は、『電話をお借りできないでしょうか』といった。彼女は小型のショルダーを持っていて、そのなかに小銭入れを入れていた。しかしそのバッグは車の助手席に置いたままだった。

『おうちへ電話するんですね』白髪の人は素手のミヨ子を見てきいた。

長女と次女の電話番号は諳《そら》んじてはいなかった。

白髪の女性は警戒するような目つきのまま銀色のケータイを持ってくると、『何番ですか。いってください』といった。ケータイを渡したら持ち逃げするとでも思っているらしかった。

『一一〇番です』彼女はびっくりしたような顔をしたが、『迷子になった、といえばいいんですね』といったので、ミヨ子はそうだと返事をした。

彼女はミヨ子に背中を向けて、手振りをまじえて相手に説明していた。『道に迷ったという女性が現れたので、助けにきてください』といっていた。

彼女はガラスのコップに水を汲《く》んで出してくれた。ミヨ子は頭を下げて水を飲んだ。

『静かないいところですね』

ミヨ子がいうと彼女は、『不便な場所です』と、無愛想《ぶあいそう》ないいかたをした。

『ここは、倉敷なんでしょ……』

『そうですよ』

彼女は板の間にぺたりとすわった。

『倉敷っていうと、川の両側に白壁の建物があったり、なんとかいう美術館もあるところと思っていましたけど……』

『それは美観地区といって、ここから三キロばかり西です。美観地区へいくつもりだったんですか』

『いいえ。そこへはいずれ……』

『なんだか遠くからおいでになったようですが、どちらにお住まいなんですか』

ミヨ子は、『東京』といいかけたが、首を振ってごまかした。

車のとまる音がして、玄関の戸にノックがあった。

制服の警官が二人入ってきた。

『道に迷ったそうですが、住所はどこか、答えられますか』

四十代半《なか》ばに見える太った警官がきいた。もうひとりの、二十代だろうと思われる痩《や》せぎすの警官は姿勢を低くして、ミヨ子の手にそっと手を添えた。その目は、どこからきたのかときいていた。

ミヨ子は、あとで詳しく話すと答えた。それは意外な答えだったらしく、二人の警官は顔を見合わせた。

パトカーに乗るさい、ミヨ子は六十代半ばに見える彼女に、『お世話になりました』と頭を下げた。彼女は、不思議なものでも見るように、門口に立ってものをいわなかった。

4

倉敷警察署では五、六人に囲まれた。女性が二人いて一人がミヨ子の前へ腰掛けた。四十歳ぐらいに見えた。彼女は大辻《おおつじ》と名乗ると、『ここではなにを話しても大丈夫ですので、困ったことでもなんでも、話してください』

『すみませんが、お茶をいただけませんか』

『はい、はい。すぐに』

若いほうの女性警官が肉厚の湯呑《ゆの》みでお茶を出した。

『お腹がすいていますよね』

　大辻がいった。

　ミヨ子は臍《へそ》のあたりに手をやってうなずいた。

　彼女は、自宅近くの善福寺で、十二月四日の午前八時十五分ごろ、見知らぬ男に乗用車に押し込まれ、倉敷に着くまでを語った。彼女の話をきいていた警官たちは、首をかしげたり、低い声で話し合っていた。若いほうの女性警官は熱心にメモを取った。

　天ぷらうどんが運ばれてきた。ミヨ子は手を合わせてから箸《はし》を割った。

　何人もに見られているのは嫌だったが、空腹には勝てなかった。

　天ぷらうどんをきれいに食べると、箸を袋にしまって手を合わせた。

　大辻は、ミヨ子が食事を終えるのを待っていたらしく、

『鈴川さんはご家族は……』

　と、顔を傾けてきいた。

『わたくしは、独り暮らしです』

『今回の災難を、報《しら》せておかなくてはならない方は……』

『娘が二人いますが、所帯を持っています。二人とも小さい子どもがいて忙しいので、きょうのことはわたくしが帰ってから、自分で話します』

『鈴川さんはお元気そうですけど、ここから独りで帰すわけにはいきません。迎えにきてくれそうな方はいますか』

『そういう人は、おりません』

大辻は、ミヨ子の服装をあらためて見るような顔をしてから、デスクの前でミヨ子を観察していた五十がらみの男の警官のほうを向いた。その男は椅子を立ってくると、顎《あご》をひと撫《な》でして三宅だと名乗り、ミヨ子の正面へすわった。

『あなたを連れまわした男は、名乗りましたか』

三宅は、ゆっくりとした口調できいた。

『いいえ』

『あなたは男を、なんて呼びましたか』

『呼んだことはなかったと思います』

『男は、あなたの名前を、知っていましたか』

『さあどうでしたか、たしか呼ばれたことはありませんでした』

三宅は、『うーん』と唸った。

『あなたは中野伸之助さんという人をご存知ですか』

『きいたことのない名前です』

『じつはですね、十一月二十六日に、中野伸之助さんは、旅行先の千葉県銚子市で、見知らぬ男からうまいことをいわれて、男の車に乗ってしまいました。その男はなんの目的なのか分かりませんが、伸之助さんを乗せて四日間走り、最後はこの倉敷へきて、十一月三十日に解放しました。日数はちがうが、どうやらあなたと同じようなルートを走っていたようです。……仲之助さんの住所もあなたと同じ善福寺なんです』

『善福寺に……』

ミヨ子はつぶやいた。

三宅は、被害者を車で連れまわしたが、致命的な危害は加えなかったということで、ミヨ子の場合と共通点があるといった。

三宅は、一枚の似顔絵をミヨ子の前へ置いた。

『あっ、この人です』

絵は横顔だが、そっくりだといって、なぜ似顔絵があるのかと彼女はきいた。

『中野伸之助さんが思い出して描いてくれたものです。彼は、嫌になるほど運転している男の横顔を見ていて、頭に焼きつけていたんですね』

『わたくしも、飽きるほど見ていました。鼻の先がとがっているところも、そっくり。中野さんは絵描きさんなんですか』

『そうではない。子どものころから、人がびっくりするほど絵がうまかったそうです』

『いま、おいくつの方なんですか』

『三十歳』

『絵描きさんでもない。なにをなさっている方ですの』

『決まった職はないようです』

彼女は、三十歳で無職の伸之助を想像しているのか、首を何度かかしげた。

『鈴川さんも独り暮らしということですが……』

三宅は、ミヨ子の正体をさぐるように目を近づけた。

『五年前に夫を病気で亡くして、以来独りです。夫はわたくしに不動産を遺《のこ》してくれました。現在住んでいるマンションも、歩いて五分のところのマンションも、わたしの所有なんです』

家賃収入があるということなのだ。

『中野さんとわたくしを、車で連れまわした男の人も決まった仕事に就いていないのでしょうね。もしかしたら、毎日が退屈でしかたがなかったので、妙なことを考えたのではないでしょうか』

『犯人は、なにか職業に関係するようなことをいいましたか』

三宅はさかんに犯人像をつかもうとしているらしかった。

ミヨ子は思い出そうと試みたが、腹が一杯になったのと、疲れが出てきたのでいったん寝《やす》みたいといった。大辻が仮眠室へ連れていき、用事があったらベルを鳴らすようにといって、毛布を二枚掛けてくれた。

彼女は、警察署にいるのを忘れて朝方まで眠った。

次の朝、男女の警官と一緒に新幹線に乗った。事件発生地が警視庁荻窪署管内ということから、同署に着いた。同署でもミヨ子は事情をきかれ、自宅に帰着したのは夕方だった。

早速、二人の娘を呼びつけて災難のことを話した。二人は、あんぐりと口を開けて、知らなかったといった。

『お母さんはもう、子どもたちの見守りなんかやめなさいよ』

長女は眉間《みけん》に皺を寄せてそういった。

『お母さんが車の男に攫われていく瞬間を、見た人はいなかったのかしら』

次女は蒼《あお》い顔をした。その場に居合わせた人がいたかもしれないが、知り合いの車に乗っていったと思われたのかもしれなかった。

長女も次女も、ミヨ子に独り住まいをさせておくのは心配だとはいわなかった。

『倉敷なんて、新幹線でも三時間以上かかるところだと思う。その男は倉敷から東京へきて、目的をすませて帰ったんじゃないかしら』

次女だ。

『東京へわざわざ、人攫いにきたみたい。中野さんという男性も倉敷で解放した。赤の他人を倉敷へ連れていく理由が、その男にはあるんじゃないかな』

長女は首をかしげ、上目遣《うわめづか》いをした。

5

鈴川ミヨ子は、いい香りの紅茶を出すと、茶屋の正面に腰掛け、腕を組んだ。

「茶屋さんは、犯人の男の目的を考えていらっしゃるんですね」

「そうです。中野伸之助さんの場合も倉敷まで連れていって、そこで解放しています。倉敷へ連れていって、なにかをしようと考えていた。だが二回とも都合が悪くなった……」

茶屋は考え考え低い声でいった。

「被害者ふたりとも住所が同じ善福寺です。善福寺にも縁といいましょうか、かかわりがある人なんじゃないでしょうか」

茶屋はうなずくと、「善福寺と倉敷」とつぶやいて紅茶を一口飲んだ。

「あの男の人、倉敷でわたくしを棄てて、どこへいったのでしょう」

ミヨ子は、まるで犯人を恋しがっているようないいかたをした。

「倉敷か、その付近に住んでいる人では。男の言葉に地方訛《なまり》はありませんでしたか」

「わかりませんでした。何度か乱暴な言葉遣いをしましたけど、粗野《そや》な人には見えませんでした」

「東京から倉敷のほうへ転居した人かも」

「事情があったのかもしれませんね。……倉敷の警察で、わたくしを棄てた犯人はどこへいったのでしょうかといいましたら、『あなたは被害者なのだから、犯人の行方なんか心配しなくても』なんていわれました」

「鈴川さんは犯人に、なぜこんなことをするのかと、理由をきいてやりたくなったんじゃありませんか」

「わたくしはききましたよ。なぜわたくしを攫い、どこまで連れていくのかを」

「なんて答えましたか、犯人は」

「まるで車の運転に集中しているような顔をして、わたくしのいったことに答えませんでした。答えたくなかったんでしょうね。事情を話したところで、わたくしが納得するはずがないので、黙っていたんだと思います」

「犯人は正常か異常かといったら、どちらでしょうか」

「そうですね。あるときは正常、あるときは、なにかを深く考えているような表情。あるときはひどく落ち込んでいるようで、頭や額に手をやっていました」

「悩んでいた……」

「車のなかで食事をしているとき、悪寒《おかん》に襲われたように、頰に両方の手をあてて、震えていたことが一度ありました。わたくしは恐くなって、逃げ出したくなりました」

「そのとき男はなにかいいましたか」

「いいえ。わたくしのほうを見ませんでした。わたくしの勝手な解釈ですけど、自己嫌悪《けんお》に陥《おちい》っていたんじゃないでしょうか」

「そうだとしたら、正常です。自分が犯してしまったことを後悔して、悩んでいたんじゃないでしょうか」

「その表情をしたのは、大津を走っていて、急にとまったときです。ちらっと琵琶湖を見たときでしたので憶えています」

ミヨ子は誘拐され、監禁されていたのに、沈着《ちんちゃく》冷静だったようだ。車の助手席にいて、犯人の呼吸をじっとうかがっていたのだろう。

「学童の見守りをされていたそうですね。もうおやめになりますか」

白いカップに指をからめたミヨ子にきいた。

「来週からはじめようと思っていましたけど、人さまに迷惑がかかるようなら、しばらくやめることにします。わたくしが見守りを再開したとして、例の男が車で近づいてきたら、今度は逃げますし、警察に報せます。これまで見守りを独りでやっていたのがいけなかったんです。再開するときは、近所の方と一緒にやることにします。……わたくしは、ランドセルを背負って通学する子どもを見るのが好きなんです」

茶屋は、そうだろうと首を動かした。

「三谷百合亜さんは、下校時に連れ去られました。鈴川さんは、その日は……」

「わたくしの見守りは朝だけです。午後はだいたい出掛ける用事があるものですから。百合亜さんも倉敷へ連れていかれたんですよね」

ミヨ子は頬に手をあてた。解放された倉敷の街並みでも思い出しているようだ。

中野伸之助を車で連れまわして、倉敷で、棄てるように解放した犯人は、ミヨ子を攫った犯人と同一人物だ。伸之助が描いた似顔絵を見たミヨ子が、同じ人だといっているのだからまちがいなかろう。イワハタと名乗った男が本名かは分からないが、なぜ同じ犯行を繰り返すのだろうか。

るといった。
ミヨ子の家を出た茶屋は中野麻子に電話した。彼女はすぐに応え、自宅で仕事をしてい
寄っていいかきくと、待っている、といった。ミヨ子のところとは二百メートル足らず
の距離である。
黒いカーディガンの麻子は微笑して茶屋を迎えた。彼は鈴川ミヨ子に会ってきたことを
話した。
「お気の毒に、とんだ災難に遭われたんですね。でもお怪我はなかったようで……」
「犯人は怪我をさせるようなことはしなかったが、伸之助さんの場合と同じで、東京から
倉敷までいって、彼女に一言もいわず、公園へ置き去りにしました」
「犯人は、倉敷へ連れていくのが目的だったようですね」
「そのようです。倉敷へ着くと、人が変わったようになるんじゃないでしょうか」
「目的がなんだか、見当《けんとう》がつきましたか」
「いや、目的も不明。ただ倉敷で解放するという共通点がありますし、鈴川さんも伸之助
さんと同じで、学童の見守りをしていました」
「見守りをしていた人を狙《ねら》う。その行為が犯人にとっては恨《うら》みのタネ……」

「そのようにも思われますが、犯人は、伸之助さんと鈴川さんを知っていたんじゃないでしょうか」

「えっ、知っていた。弟は犯人とは会ったこともないといっていますけど」

「犯人のほうが一方的に知っていたということでは。それを伸之助さんも鈴川さんも気付かなかった」

「どこで知っていたんでしょうか」

「分かりません」

茶屋は首を振ってから、あしたにも倉敷へいってみるといった。

伸之助とミヨ子を車で連れまわした犯人は、いずれも倉敷で解放した。やはり倉敷になにかがありそうだ。それから同一犯人の犯行かは不明だが、三谷百合亜の事件も倉敷だ。

麻子は窓に顔を向けていたが、「はっ」といって胸に手をやった。

「学童の見守りで思い出しましたけど、轢き逃げされて亡くなった稲沢さんという方。彼も朝、会社へいく前にご自宅の近くの道路に立って、小学生の見守りをなさっていたんです」

そうだった。稲沢順二は夜、帰宅途中の自宅近くで、彼が通るのを待ち伏せしていたと思われる車にはねられたのだった。

学童の登下校の見守りをしていた三人が事件に遭った。とはいえ学童の見守りというのは偶然であって、事件とは関係がないのかもしれない。

茶屋は稲沢家のインターホンを押した。すぐに女性の声が応じた。茶屋が名乗ると、

「あら、茶屋さん。ご苦労さまです」

稲沢の妻の朋子だった。彼女は茶屋が、善福寺の人が立てつづけに災難に遭った事件に首を突っ込んでいるのを知っていた。彼女はつっかけを履いて門へ出てきた。髪を薄茶に染めている彼女は薄く化粧をしていた。

茶屋と朋子は赤と紫の花が咲いている庭で立ち話をした。彼が中野伸之助と鈴川ミヨ子の遭った事件を話し、二人とも学童の見守りをしていた人だといった。

「稲沢は、娘が小学生のときから朝の見守りをしていました。中野さんと鈴川さんも見守りをしていた。犯人は、見守りをする人が憎いんじゃないでしょうか」

「見守りをする人が憎い……」

茶屋は、朋子の感想を頭に焼き付けた。学童の登下校を見守る人がどうして憎いのかは分からないが、朋子のその言葉は印象に残った。

事務所へもどった。サヨコとハルマキはとうに帰ったあとだ。茶屋の姿を見ていたよう

に、牧村が電話をよこした。

「先生は、夕飯はまだですよね」

猫撫《ねこな》で声だ。

「まだだが、なにか……」

「新宿にうまい店を見つけたんですよ」

「あんたの舌はアテにならない。この前、銀座《ぎんざ》のすし屋に誘ってくれたが、あの店のネタはまるで干物だ。二度といきたくない」

「日ごろうまい物を食ってるとは思えない茶屋先生が、干物とはひどいいいかたです」

「新宿で見つけたというのも、すし屋なの」

「いいえ料理屋です。あっちこっちにあるチェーン店とはちがい、ピレスホテルで料理長を長年務めていた人がはじめた店。そこの料理はうますぎて、先生には味のよさが分からないかも」

「その料理屋がどうしたんだ」

「一緒に食事をという誘いに決まってるでしょ。きょうの昼はなにを食べたんですか、先生は」

「忘れた」

「食事は大事なんですよ。なにを食べたか忘れるようなものを食べていると、近いうちに、気分が落ち込む、不安を感じる、わけもなく涙が出る、仕事に集中できない、寝付けなくなる」

「あんたは、なにかを読んでるんじゃないのか。……今夜は忙しいので、あんたは独りでその料理屋でたらふく、あ、新宿にしたということは、食事のあとで、例のパーチルとかいう店へいきたいからだろ。その店の足の長いおねえさんを食事に招《よ》んだらどうだ。跳び上がってよろこんで、タクシーで駆けつけると思う」

電話は牧村のほうから切れた。

四章　偽《いつわ》りの家族

1

茶屋は、善福寺小学校の児童保護者会の会長を訪ねた。滝田《たきだ》という会長は五十代半《なか》ばの自転車販売店の店主だった。

茶屋の名だけは知っているといって、にこにこした。

茶屋は、中野伸之助と鈴川ミヨ子が被害に遭った事件を話した。

「中野伸之助さんの事件は、警察の防犯課の人からききました。鈴川さんの件も、あしたあたり報告があるでしょう。二人とも学童の見守りをしていた方が犯行に遭《あ》った……」

当然だろうが、滝田は二人が見守りをしていたことを知っていた。その二人が同じように車に乗せられて、倉敷までいき、そこで解放されたという話をきいて、唖然《あぜん》としたように口を開けた。

「子どもを攫《さら》うだけでなく、今度は大人を。なにかの警告なのか、単なる恨《うら》みなのか……」

滝田は首をひねった。

「夜間に轢《ひ》き逃げに遭った稲沢順二さんも、学童の見守りをしていたそうですが」

「そうです。彼は娘さんが小学生のときから。……稲沢さんの事件と、中野さんと鈴川さんが遭われた事件は、関係が……」

滝田は茶屋に顔を向けた。

「十月十日に連れ去られた三谷百合亜さんが、不幸なかたちで発見された場所が倉敷でした」

「そうでしたね」

「そこで私は、四件の事件はつながっているんじゃないかとみているのですが、滝田さんはどう思われますか」

「杉並区善福寺と倉敷市。どういう関係があるんでしょうね。……事件の発生地は静かで平穏だった善福寺。犯人はもしかしたらこの地域になにか恨みでも……」

滝田は腕を組むと、右手で顎《あご》に伸びはじめた不精髭《ぶしょうひげ》を摘《つ》まんだ。

渋谷へもどった茶屋は、マークシティ内のすし屋へ入った。ぬる燗《かん》の日本酒をもらって、タコとアジとウニの刺し身を取った。珍しいことに他の客は若いカップル二組だけ。二組ともささやくように話し合っているので店内は静かで、カウンター内の板前は手持ち無沙汰《ぶさた》のようである。

いまごろ牧村はどうしているのかとふと思った。茶屋を料理屋へ誘ったが、断わったので、彼は単独では料理屋へいかなかったろう。区役所通りの小さな中華料理屋へ入って、ビールを飲みながらチャーハンでも食べているのではないか。

茶屋はもう一杯酒を飲みたくなった。アナゴの白焼きを頼んだところへ牧村がちょうど電話をよこした。

「茶屋先生。もう仕事はすんだでしょうから、一緒に盛り上がりましょうよ、ね」

語尾《ごび》をはね上げた。

「私は、盛り上がるという言葉が嫌いなんだ。あんたはだれかと一緒なの」

「田ノ上稲子《たのうえいねこ》先生をお招《よ》びしたら、二つ返事でおいでになって、いまゴールデン街の『柚子《ゆず》』で、あっ、あぶない」

田ノ上稲子というのは官能小説で名を上げた作家だ。恋愛小説を書いているが随所《ずいしょ》に濡《ぬ》れ場が出てくる。その濡れ場が下品だと新聞の読書欄《らん》でけなした若い男の批評家に、電話で猛然と噛《か》みついたという話を、最近耳に入れたばかりだ。茶屋は田ノ上稲子の小説を週刊誌で読んだことがある。ラブシーンが二か所出てきたが、たしかに下品だ。だが艶《つや》つやしていてうまいとも思った。サヨコに読ませたところ、『いやだ。すごい』といった。ハルマキは、『ドキドキした』といって胸を押さえた。

田ノ上稲子はたしか四十七、八歳だ。酒に酔うと、ビール瓶《びん》を逆《さか》さににぎって暴れ出すときいたことがある。

ゴールデン街の『柚子』は古い店だ。ママは七十代半ばだが、どこも悪くない、このぶんだとわたしは死なないといって、毎晩焼《しょう》酎《ちゅう》をお湯で割って飲んでいる。ママには、『まちがって出来た』という三十五、六歳の娘が一人いて、店に出ている。口数は少ないが、かたちのいい唇《くちびる》をしている美人である。映画のプロデューサーが、その娘を時代ものに使いたいといって何度か口説《くど》いたが、本人は『映画にもテレビにも出ない』とつっぱねた。茶屋はその娘には会いたかった。俯《うつむ》いて客の酒をつくったり洗いものをしている彼女を、客はカウンター越しに見つづけているのだ。

牧村が高い声を出したので、どうしたのかと茶屋はきいた。

「トイレから出ておいでになった田ノ上先生が、ちょっとよろけて」

「酔っているんだろ」

「さっき、ウイスキーをロックで飲《や》って、いまは赤ワインを」

「私はそこへはいかないよ」

「そんな。茶屋先生を招ぶからといったら、田ノ上先生は、『いま会いたい人の一人が茶屋次郎だ』とおっしゃったんです。先生がきてくれないと、私の立つ瀬がありません。お願いですから、今夜だけは……」

「あしたの朝、倉敷へいく。その支度《したく》もしなくちゃならないし、私は、田ノ上さんが苦手なんだ。なにかのパーティー会場で見たことがあるが、大きな口を開けて笑ってた」

「そんな、わが儘《まま》をいっていないで、タクシーを拾《ひろ》って……」

茶屋は通話終了ボタンを押した。

二分と経《た》たないうちに再び呼び出し音が鳴った。牧村にちがいなかろうと思ったが、

「茶屋次郎先生でいらっしゃいますか」

女性にはちがいないが太くて低い声だ。「わたくし田ノ上稲子と申します」

「ああ。田ノ上さん。どうも」

「茶屋先生は、わたくしとちがってお忙しくていらっしゃるのに、牧村さんは茶屋先生と一緒に飲みたいといって。牧村さんはわたくしとお食事のたびに、茶屋先生をお招びする

というんです。茶屋先生はいま、どちらにいらっしゃるのですか」

「帰る途中です。あした遠出をしますので」

「そうでしたか。お忙しいところを、申し訳ありませんでした。お近いうちにぜひお目にかかりたいものです。それではお気をつけて、さようなら」

電話の声をきくかぎり酔ってはいないようだ。

茶屋も、彼女につられるように、「さようなら」といった。この言葉を使ったのは久し振りだった。

茶屋は四十三歳だが離婚歴がある。

妻の冴子《さえこ》とは四年前に別れた。彼が仕事、仕事といって各地を飛びまわっていたのが、冴子が離婚を決意した最大の理由だった。彼女とのあいだにはいま十一歳の娘がいる。千《ち》都世《とせ》という名だ。

結婚していたころ冴子は、自分のからだが不調のときや千都世に関して、夫である茶屋に相談したいことがたびたびあった。だが、そのたびに彼は不在だった。彼は旅行作家としての地位を確立させたかった。それを冴子には説いていたつもりだったが、彼女はそれまで耐えてきた傷口はもうふさがらないといって、千都世を連れて出ていった。

別れてから年に一回は冴子にも千都世にも会っている。食事をともにしながらする冴子の話題は、ほとんど千都世に関することである。冴子は会社勤めをしているが、職場での出来事などはまったくというほど話さない。

食事をして別れる際、冴子はかならず、『さようなら』という。千都世も母親に倣《なら》うように、『さようなら』といって手を振る。茶屋は、『じゃまた』というが、二人からは毎回、『もう会わない』といわれているような気がする。

衆殿社「女性サンデー」編集長の牧村は一日おきぐらいに酒に酔って帰宅する。『あんまり飲むから、長生きしないんじゃないかしら』と妻はいうらしい。彼は、酒を飲むのも仕事などといっているようだ。週刊誌の仕事には土曜も日曜も祝日もない。それでも妻は彼に文句をいったことがなく、彼が自宅を出ていく際、『いってらっしゃい』と送り出すようだ。週刊誌の編集作業が完全に終わった次の日が、彼の休日だ。午前中寝ていて、午後は中学生の長女と小学生の長男の相手になったり、家族で食事にいったりしているらしい。

茶屋は帰宅した。目黒《めぐろ》区祐天寺《ゆうてんじ》の３ＤＫのマンションに独り暮らし。小鳥一羽飼っていない。

一階のポストをのぞくとピンクで小振《こぶ》りの封筒が入っていた。差出人は茶屋千都世とあった。娘が封書の手紙をくれるなんて珍しい。いや初めてではないかという気がする。彼は部屋に入るとすぐにペーパーナイフで封《ふう》を切った。薄い色の小花を散らした便箋《びんせん》にブルーの細いペンの文字が横に並んでいた。うまい字ではないが十一歳の少女らしい正確な文字は、「今度の正月には沖縄へ旅行することにしました。先輩大学生二人と同級生三人のメンバーです。旅費は確保してありますが、おみやげ代が足りないので、ご寄付をおねがいします。振込先は左記」

という無愛想《ぶあいそう》な内容だった。

電話でもメールでも用が足りるのに、封書にした意図は、「送金を絶対に断わるな」ということではないか。

2

茶屋は、東京を九時五十分に発《た》つ「のぞみ」に乗って、岡山で「こだま」に乗り換えて十三時三十七分、定刻どおりに新倉敷に着いた。漠然《ばくぜん》と駅に立ったのではない。「くらしき日日新聞社」を訪ねるのだ。その会社は「倉敷えびす通」に面したビルの二階にあった。

ドアを入ると衝立《ついたて》の向こうから二十代の半ばに見える女性が出てきた。髪を後ろで結《ゆ》わえ、光ったピンでとめていた。クリーム色のシャツに紺《こん》のカーディガンを羽織《はお》っている。

茶屋は頭を下げてから名刺を出した。彼の名刺は質素で、氏名の横に住所と電話番号とメールアドレスが刷《す》ってあるだけである。ハルマキは名刺に顔写真を入れたらといったが、『顔を売る商売じゃない』と一蹴《いっしゅう》した。

「茶屋次郎さん……」

女性はつぶやくと、顔と名刺を見直し、目に力を込めてから、

「あの茶屋次郎さんですか」

ときいた。

「あの茶屋次郎です」と答えそうになったが、「週刊誌などに雑文を……」といい直した。

「最近発生したある事件について、知りたいことがあるものですから、協力をお願いしにまいりました」

「東京からわざわざ」

「はい。ついさきほど到着したばかりです」

「デスクが食事に出ていますが、もうもどるころですので、こちらへどうぞ」

岩尾《いわお》と名乗った彼女は応接セットへ案内した。家具のすべてが古く見えた。

髪の短い若い男が電話中だったが、茶屋を見るとちょこんと頭を下げた。

女性はお茶を出すと丸盆《まるぼん》を腹にあてて、

「博多の元警察官が東京へいって、いろいろ調べたり、中洲《なかす》で事件が起きる話を、毎週読んでいました」

と、笑顔を向けた。「女性サンデー」に連載していた物語のことだ。

「それはどうも」

顎《あご》に白い毛がまじった鬚《ひげ》のある男が入ってくると、「あ、お客さん」といった。

岩尾が、「あの茶屋次郎さんです」と紹介すると、デスクはあわてるように名刺を取り出した。津高浩造《つだかこうぞう》という名だった。

ソファで向かい合うと、

「津高さんというご名字は珍しいですね」

茶屋がいうと、岡山県に数十軒ある姓だといった。

「茶屋さんの名も珍しいほうだと思いますが、ご本名ですか。ご出身はどちらですか」

「私は東京生まれですが、四代前は京都にいたということです」

津高は茶屋の名刺を見直すと、シンプルでいい氏名だといった。

茶屋は、中野伸之助と鈴川ミヨ子が被った事件を話した。

「一人は千葉県から、一人は東京から倉敷へ連れてこられ、この市内で解放された。妙な犯人ですが……」

地元警察はその二件を発表していないと津高はいって首をかしげた。毎日、午後六時半から七時の間に記者発表があるが、十一月三十日も十二月六日も、「発表するものなし」だったという。

「三谷百合亜という女の子が、十月十日の下校時に何者かに連れ去られて、十四日に倉敷市内で遺体で発見された事件について、被疑者《ひぎしゃ》が挙がっているでしょうか。あるいは犯人の目星とか」

「いいえ。進展《しんてん》はまったくないようです」

「百合亜ちゃんの住所は、杉並区善福寺というところでした。妙な男に連れまわされた中野伸之助さんと鈴川ミヨ子さんの住所も善福寺で、いずれの家とも二百メートル足らずの範囲です」

「ええっ。では三件の事件は……」

つながっているのではないかと津高は見たのか、天井に向けて目をしばたいた。

「県警か倉敷署員が、東京へいっていると思います。三件は関連していそうですから、警視庁と連携して東京で捜査しているでしょう。……茶屋さんは逆に、この倉敷に事件の根がありそうだとにらんだのですか」

茶屋は曖昧《あいまい》な首の振りかたをしたが、伸之助が描いた男の似顔絵をバッグから出して見せた。

「中野伸之助さんには軽い障がいがあります。勤めても仕事の能率を考えないために、長つづきしないのですが、絵を描かせたら天才的な才能を発揮します。彼は車で連れまわされているあいだ、助手席から運転している男を見ていたんです。助手席からですから、男の左横顔だけが頭に焼き付いていたんでしょう」

「特徴のある顔ですね。この似顔絵は倉敷署にも……」

「倉敷署に見せるために描いたようなものですから」

「極秘にしているのかな」

津高は口元をゆがめた。

「似顔絵を公表したほうがいいと思いますが」

「いまこの絵を見て、正面からの顔をだれかに描かせているんじゃないでしょうか」

やがて想像された正面からの顔が完成する。そのとき公開に踏み切るのではないか、と津高はいった。

新聞の綴《つづ》りを見せてもらうことにした。

岩尾が大型のファイルをテーブルに置いた。過去の記事をじっくり見てくれというのだった。

津高は自分の席から電話を掛け、茶屋に背中を向けて話していた。

茶屋は気になる事件や事故をメモした。岩尾は茶屋の作業をちらちらと見ていたらしく、コピー機を自由に使ってくださいといった。

約一時間半かけてメモを取ったり、新聞記事を複写したのは、火事一件、交通事故三件、川での水死事故一件、殺人事件一件だった。殺人事件の被害者は、三谷百合亜だ。八歳の百合亜は下校時に連れ去られ、四日後に倉敷市の高梁川河岸で絞殺《こうさつ》遺体で発見されたものだったので、発見現場は写真入りで何日も関連記事が載った。

「百合亜ちゃん事件で、被疑者は出なかったんですか」

茶屋はメモしたノートを手にして津高にきいた。

「警察は被疑者を何人か挙げて、取り調べたりウラを取っていたようです、どれも証拠不十分ということで釈放しました。捜査員は東京へも出張していましたが、犯人は挙がっていません」

警察が怪しいとみて調べた人については、当然だがマスコミにもどこのだれかを明かしていない。しかしマスコミが独自に臭いとみて、身辺《しんぺん》を嗅《か》ぎ回った人はいるはずだった。

それを茶屋がいうと、

「茶屋さんは、面白《おもしろ》いものをお書きになるだけでなく、取材に熱心ですね」

津高は、いくぶん皮肉をまじえたいいかたをした。

「殺人事件ですので、かならず犯人がいます。私は自分の力でやれるだけ事件の真相に迫りたいんです」

津高は二、三度首を縦《たて》に動かした。なにかを考えるときの癖《くせ》なのか、デスクの上からボールペンを拾うと、人差指と中指のあいだにはさんで上下に動かした。ボールペンは手からはなれて飛び出しそうだがマジックのように指のあいだにからまっている。彼は音がするような息を吐くと、デスクの引き出しからキャンパスノートを取り出した。大事にしているもののようだ。

彼はそのノートを持って応接セットの茶屋の前へ腰を下ろした。

「倉敷の美観地区の中心に鶴形山《つるがたやま》があります。山頂一帯が遊歩道を整備した公園になっています。山頂の南には阿智《あち》神社が木立《こだち》を背負っています」

津高は観光案内をはじめたような口調になった。「鶴形山の西には女性の病にご利益《りやく》があるとされている真言宗《しんごんしゅう》の観龍寺《かんりゅうじ》があります。そこの西側、観龍寺の所有地と思われるところに、ぽつんと二軒の民家がありました。阿知二丁目です。そのうちの一軒に、和栗《わぐり》という珍しい名字の家族が住んでいました」

過去形になった。津高はノートのページをめくってから、茶屋の顔を一瞥《いちべつ》した。

「その家族は、今年の十月中旬にどこかへ転居したらしく、いなくなりました」

「津高さんは、その和栗という家族か、家族に関心を持っていたんですね」

「そのとおりです」

「和栗家は何人家族でしたか」

「四十代後半の夫婦に、二十代の娘が二人でした」

「なにをしている家族でしたか」

「四人とも勤め人でしたが、どこに勤めていたのかは分かりません」

「なぜ関心をお持ちになったんですか」

「警察へ引っぱられたからです。なんの嫌疑《けんぎ》かは分かりませんが、四人が一人ずつ警察へ呼ばれたんです。それで私は、もしかしたら百合亜ちゃん事件に関してじゃないかって疑って、ある刑事にきいたんです。そうしたら、そんな家族を署に呼んではいないといわれました。……和栗の家族からなにかをきくために、それぞれを呼んでいることは分かっていたので、なぜ呼んでいないなどと白《しら》をきるのかとききましたが、私のききかたが悪かったのか、私が好かれていなかったからか、教えてもらえませんでした」

「和栗家が警察へ呼ばれていたのは、事実なんですね」

「それはまちがいありません。他紙の記者も知っていました」

「津高さんは、和栗家の人と接触したことは……」

「ありません」

「最初に和栗家の人が警察に呼ばれているのを知ったきっかけは、なんでしたか」

「他紙の記者の話です。初めは住所が分かりませんでしたが、和栗という名が分かったので、聞き込みで住所をつかみました」

津高は今年の十月下旬に阿知二丁目の和栗家の様子をのぞきにいった。しかし、その家は消えていた。更地《さらち》になっていたのだった。それで観龍寺の寺務所《じむしょ》で、和栗家はどこへ引っ越したのかを尋《たず》ねた。五、六年住んでいて家賃を受け取ってはいたが、転居先は分からないといわれたという。

そこで法的手続きを踏んで和栗家の住民登録を調べた。すると、そもそも倉敷市には住民登録をしていなかったことが分かった。つまりどこから転入してどこへ移転したのかは不明で、観龍寺の寺務所の記録にある戸主の「和栗文男《ふみお》」も本名かどうかを確認することもできなかった。

「津高さんは、和栗家のだれかをお見掛けになったことは」

「主人と思われる人を見たことがあります」

「その際声を掛けましたか」

「いいえ。後を尾《つ》けました。勤務先が分かるんじゃないかと思ったものですから。ところが、本通り商店街でまかれてしまいました」

尾行に気付いたのではないか。以来和栗家のことは気になっていたが、何の情報も入ってこないという。

3

茶屋は、夕色のただよいはじめた美観地区を歩いた。倉敷川の川沿いに出ると、観光客と思われる何組かのグループに出会った。女性が多い。それも若い人たちだ。師走《しわす》に入っているが、時季など無関係な人はいるものなのだろう。四、五年前にもここにはきているが、そのころよりもカフェの数が増えたような気がする。

あかあかと灯《あか》りを点《つ》けているみやげ物店の角を、鶴形山方面へ曲がった。急に人通りが少なくなった。反《そ》り返った瓦《かわら》の大屋根が二棟見えた。観龍寺にちがいなかった。塀《へい》の外に空き地があって、そこに杭《くい》が数本立っている。これから新しい建物が建つらしい。そこが以前、和栗という家族が住んでいた家の跡なのだろう。

茶屋は五分ばかり空き地を見ていたが、黒い地面をにらんでいても、いい知恵は浮かんでこない。そうこうしているうちに日は暮れて、彼は訪れた闇《やみ》のなかに取り残されそうだった。冷たい靴《くつ》音が近づいてきた。後ろを通った人のタバコが匂《にお》った。

寺務所には灯りが点いていて、光った頭の人が机に向かっていた。四十代と思われる男だった。僧侶にちがいなかった。

茶屋は丁寧《ていねい》な挨拶《あいさつ》をして、塀の外に以前、住宅があって、和栗という姓の家族が住んでいたがといった。

「住宅は二棟ありました。古くなったので建て直すために立ち退《の》いていただきました。和栗さんは右側の家でしたが、今年の十月に出ていかれました。左側の家に住んでいた井上《いのうえ》さんは、たしか去年の十月ごろに引っ越されました」

僧侶は正座して答えた。

「井上さんと和栗さんの引っ越し先をご存じでしょうか」

「さあ……」

僧侶は後ろを向くと、積み重ねてある書類のなかのものをさがしていたが、分からないといった。

「和栗さんのご主人は文男という名でしたが、井上さんのご主人の名は……」

僧侶はまた後ろを向いて、ノートを開いていた。

「井上正光《まさみつ》さんでした。井上さんの転居先は分かりました。市内の老松《おいまつ》町。井上さんは大工さんで、このお寺の補修を請け負《うお》っていただいておりましたが、お歳を召されて、高いところに上ったり、力仕事がキツくなったといって、引退したのです」

「おいくつだったんですか」

「七十二か三だったと思います。何年か前に重い病気をしましたので、補修の仕事をほかの人に譲《ゆず》ったんです」

同居の家族は妻だけだったという。

「和栗さんは、どこかにお勤めでしたね」

「四人家族でしたが、四人ともどこかに勤めていたようです。ですが私はあまり顔を合わせたことがありませんでした」

僧侶は、二軒の家族のことをなぜ調べているのかときいた。

「ある事件に関係があるとみられたのか、和栗さんの家族は警察へ呼ばれたことがあったそうです。じつは私も、事件を調べているものですから」

「ある事件とは、どんな事件ですか」

僧侶は俗界《ぞっかい》の出来事になど関心がないのではと思ったが、そうでもないらしい。

茶屋は、三谷百合亜の事件を話した。

「小学生の女の子が殺されて、高梁川に棄《す》てられていたという事件ですね」

僧侶はすわり直すように膝《ひざ》を動かした。

茶屋は僧侶のいいかたが不正確だったので、百合亜が遺体で発見されたのは、高梁川の河川敷公園だといった。

「そうでしたね。その少女は東京の子ということでしたが……」

「杉並区の善福寺という静かな住宅街に住んでいました」

「なぜそんな遠方から連れてこられたんですか」

「それが分かっていません」

「おかしいんですね。東京で連れ去った女の子を倉敷まで連れてきた……」

「おかしいんです。なぜなのか分かっていません。その理由は犯人が捕まらないと分からないかも、いや、犯人は捕まってもその理由を話さないかもしれません」

その後に妙な事件が起きているが、茶屋はいちいち話さなかった。

「あなたは……」

僧侶はなにかをきこうとしたらしいが、あらためて茶屋の名刺を見直した。

「職業が入っていませんが、あなたはなにをなさっている方ですか」

僧侶は目に力を込めたようだ。

「もの書きです。各地へ旅行して、その土地の風光やら人の営《いとな》みやらを文章にして……」

「それが職業なんですか」

「文章を、新聞や雑誌に発表しているんです」

「いままで発表したことがあるんですか」

「あります」

「たとえば、なんという雑誌に……」

「女性向け週刊誌の『女性サンデー』には、名川シリーズといって、各地の名の知られた川とその付近で発生した事件を。事件の発生から解決までを何回も連載しましたし、それが本になって売られています」

「その本は、どこで売られているんですか」

「書店です。各地の」

「見たことがありません」

この僧侶は、書店に入っても、たとえば宗教に関する書籍のコーナーにしか立ち寄らないのではないのか。

「あなたは、高梁川の岸辺で不幸な目に遭った少女の事件について、井上さんや和栗さんのことをききにおいでになったとおっしゃいましたが、未解決事件を調べるのは警察ではありませんか」

「勿論《もちろん》、警察は捜査していますが、私は警察とはちがう角度から調べているんです」

「あなたは、もの書きだといいましたが、探偵のような真似《まね》をして、それで食べていけるんですか」

「お陰さまで、私の書くものを買ってくださる方が、全国にいるものですから」

「今度書店にいったら、あなたの書いた本があるかどうかを見てみます」

茶屋は、そうしてくださいといって、立ち去ることにした。


大工の井上正光の住居までは一キロぐらいだろうと見当《けんとう》をつけた。阿知町東部商店街を通り抜ける際、レストランの看板をいくつか見たが、腹を押さえて空腹をこらえた。何組かの観光客らしい人たちとすれちがった。倉敷中央通りをまたぎ、市立自然史博物館、市立中央図書館、市立美術館などの一画を通りすぎた。途中の商店で老松町への道を尋ねると白壁《しらかべ》通りを西へ向かうとよいと教えられた。県道を越えると住宅地になった。魚を焼く匂いがただよっていた。

二か所できいて「井上」の表札の出ている家へたどり着いた。

そこは新しそうな二階家で、少し背中を丸くした女性が出てきた。井上正光の妻だった。

「ご主人の正光さんはいらっしゃいますか」

ときくと、テレビを観《み》ているといった。

茶屋は、観龍寺の家作に住んでいた和栗という家族についてききたいことがあるのだというと、

「どうぞお上がりください」

と、主人の都合もきかずにいった。退屈《たいくつ》していたところだから話し相手をよろこんでいるのではないか。

座敷へ通された。痩《や》せていて首の長い正光は這《は》っていってリモコンでテレビを消した。彼は後頭部に白い毛が残っている頭を下げてから、メガネを掛けて茶屋の名刺を読んだ。

「道玄坂というのは、繁華《はんか》な場所ではないですか」

「はい。渋谷駅の近くです。井上さんは東京の地理をよくご存じなんですね」

「いいえ。何年か前に娘に連れられていって、一泊したホテルが道玄坂というところにありました。ホテルの窓からは、ビルしか見えませんでした。ひと晩中、救急車のサイレンをきいていたのを憶《おぼ》えています」

「東京へ何度かいらっしゃいましたか」

「三度いっています。一度目は友だちの娘の結婚式、二度目は友だちが仏像についての本を書いて、それの出版記念会、三度目は友だちの葬式でした」

妻が、お茶に煎餅《せんべい》を添えて出した。

茶屋は、和栗という家族について知りたいのだが、文男という主人の職業か勤め先を知っていたかときいた。

「知りません。四人家族で全員がどこかに勤めているようでしたので、私たちがあそこに住んでいたとき、めったに顔を見ませんでしたから、話をしたことも多くはありません。どちらも玄関が反対を向いた背中合わせの家だったせいもありますね」

「今年の十月、和栗さんは何度か警察で事情をきかれたということですが、ご存じですか」

「私たちは去年ここへ引っ越してきましたが、今年の十月ごろでしたか、観龍寺の家作にいたころの和栗さんの暮らしぶりについて、刑事が何度もききにきました。二度目にきた刑事になんの事件かとききましたら、東京の少女を誘拐《ゆうかい》して殺害した事件に関係がありそうだというようなことを、ちょろっと洩《も》らしました。……和栗さんは勤め人のようでした。少女を何日間も連れまわすことなんてできないはずだと、私はいいました。それについて刑事はなにもいわなかった。ほんとうに少女誘拐の事件に関して調べていたのかどうか……」

「聞き込みにきたのは、どこの刑事でしたか」

「初めと二度目のときは倉敷、三度目は東京の刑事でした」

「和栗さんの家族は奥さんと娘さん二人だったそうですね」

「そうです。四人が、ばらばらに出勤するようだったので、どこでどんな仕事をしているんだろうと、家内と話していたものです。それから娘さんは双子ではと思うくらいよく似ていて、歳も近そうでしたし、器量《きりょう》よしでしたよ」

めったに顔を合わさないと言ってはいたものの、井上は和栗家の人たちのようすを、なんとなく観察していたようだ。

「和栗さんは車を持っていましたか」

「ええ、灰色の乗用車を。週末などにご主人はその車に乗って出掛けていました」

茶屋は、和栗の車は灰色にまちがいないかと念を押した。

井上は妻を呼んで和栗が持っていた車を憶えているかときいた。妻は、灰色の古そうな乗用車だったと答えた。車を通勤に使っていた人はいなかったという。

中野伸之助と鈴川ミヨ子を連れまわした男が運転していたのは、黒い乗用車だったと二人ははっきり記憶していた。伸之助はその車のナンバーには「世田谷」の字が入っていたといった。

茶屋はバッグから中野伸之助が描いた似顔絵を出して、井上の節榑《ふしくれ》だった指に持たせた。

井上はじっと見つめた。

「どこのだれなのか分かりませんが、杉並区善福寺に住んでいるそれぞれの人を、車で連れまわし、倉敷に着くと人が変わったようになって、それぞれを解放した男です」

「横顔ですね」

「助手席から見ていた顔です」

「私は知らない人です」

井上の妻にも見せたが、やはり知らない人だと答えた。

「和栗文男さんではないんですね」

「ちがいます。和栗さんはこんなにいい男じゃないし、鼻もとがっていません」

茶屋は、和栗文男の体格をきいた。

四十代後半で、身長は一七〇センチ近くだろうという。中肉で、少し前かがみになって歩く癖がある。たいていスーツを着てネクタイをしていた。典型的なビジネスマンに見えた、と井上夫婦はいった。

4

和栗家の主は和栗文男と名乗っていたが、はたしてそれが本名だったかは分からない。和栗は今年の十月半ばに、観龍寺の家作からどこかへ転居した。井上の話だと、東京の少女を誘拐したうえに殺害した事件の被疑者として、警察は事情をきいていたらしい。スーツを着て通勤していたという和栗を、どのような点から三谷百合亜事件の関係者とみたのだろうか。

警察は、中野伸之助と鈴川ミヨ子を車で連れまわした男が、百合亜殺しとも関係があるとにらんでいるのではないか。なぜなら百合亜と伸之助とミヨ子は善福寺の居住者であり、二人は小学生の登下校の見守りをしていたからだ。ひき逃げされた稲沢も見守りをしていた。

和栗文男が百合亜事件に関係していそうだと警察がにらんだ根拠のひとつは、彼が倉敷に住んでいたからであり、観龍寺の住所では家族全員が住民登録を怠《おこた》っていたからではないか。

なぜ住民登録をしていなかったのか。たとえば会社員だった場合、現住所に住民登録していないと不都合なことがありはしないか。

警察は事情聴取のさい、住民登録をどこにしているかをきいただろう。なぜ現住所にしなかったのかもきいたにちがいない。

茶屋は、倉敷中央通りに面したホテルに電話した。空室はないといわれそうな気がしたが、「ご用意できます」という返事があった。

宿泊場所を確保できたので、ゆっくり食事をすることにした。

美観地区入口の近くで料理屋を見つけた。さっきまで、「早くなにか食わせろ」と騒いでいた腹の虫は、疲れはててか、ふて寝をしているのか、ものをいわなくなっていた。

カウンター席には一人もいなかったが、奥のほうからは話し声も笑い声もきこえた。

茶屋はカウンターにとまると生ビールをもらい、すぐにできるつまみを頼んだ。

ビールを一口飲んだところへマグロのぬたが出てきた。客の空腹を見抜いたように厚切りだった。気の利《き》いたつまみだったからか、腹の虫はなにもいわなかった。

ビールを飲み干すと日本酒を頼み、カキの黒酢漬けとキノコ鍋《なべ》をオーダーした。

電話がピコピコっと遠慮がちに鳴った。夜の電話は牧村に決まっている。

「昼間、先生の事務所へ電話したら、美人だけど少しばかり気の強いおねえさんが、先生は倉敷の殺人事件を調べるんだといって、張りきって出掛けたと。いまはどちらに……」

「いままで聞き込みに歩いていて、やっと美観地区に着いたところ。あんたは今夜も歌舞伎町か」

「会社です。独りでは手がまわらなかったら、すぐに駆けつけますので、いってください」

「いまのところ、その必要はない。あんたはこなくていいからね。校了になったんだろうから、自宅でゆっくり休むか、子どもの相手をしてあげることだ」

「そんな……。殺人事件を調べる茶屋先生らしくないことをいわないでください。う、なにか物音が。いま先生は、酒場では……」

「夕食を摂《と》っているんだ。さっきまでものがいえないくらい、腹が……」

「備前《びぜん》倉敷は瀬戸内海に面しているので、うまい魚が手に入りやすい……」

「おいおい。百年も前の人がいうようなことをいうな。東京だって、けさ獲《と》れた魚を夕方には口に入れることができるじゃないか。週刊誌の編集長が……。もしかしたら夕飯前なんじゃ」

「今夜は打ち上げですので、昼からなにも食わずに……。ああ、腹がちくちく痛みはじめた」

牧村は腹をさすったのか電話は切れた。

茶屋がもう一杯酒を頼んだところへまた電話が鳴った。牧村がいい忘れたことを思い出したのではないかと想像したが、相手は中野麻子だった。彼女にはきのう、倉敷へいくことを伝えていた。

「そちらのきょうのお天気は、どうですか」

彼女の声はやさしげだ。仕事が一段落《いちだんらく》したのではないか。

「曇りときどき晴れですが、冷たい風が吹いています。ところで、伸之助さんはどうしていますか」

「きょうも、登校の見守りをしたといって、朝、わたしのところへ寄りました。見守りは、警察の方と一緒だったといっていました」

警察官は伸之助のようすを観察しているのだろう。

鈴川ミヨ子は、また妙な人間に連れ去られたり危害を加えられるのを警戒して、見守りをしていないという。

茶屋は、和栗という家族の行方を追うつもりだが、住民登録をしていないため、現在どこに住んでいるかは不明だといった。

「その人が弟や鈴川さんを連れまわした犯人なのですか」

「ちがうようです。伸之助さんが描いてくれた似顔絵が役立ちました。しかし和栗という家族の主人は、三谷百合亜ちゃん事件について疑いを持たれて、警察で事情を聴《き》かれています。なぜ事情を聴かれたのか、職業はなにかを知りたいのですが、なにしろ住所が……」

「その人に子どもがいるのなら、かつて通っていた学校にあたったらいかがでしょうか」

そうか、そういう方法がある。茶屋は麻子の着想をほめた。

ホテルに着いて気付いたのだが、このホテルの裏側が大原美術館だった。先日、倉敷を訪れた際、大原美術館を見学している。本館で、エル・グレコやパブロ・ピカソを観たが、分館で観た小出楢重の「Nの家族」には、中野伸之助同様引き付けられたのを憶えている。

和栗文男と家族は、観龍寺の家作に五、六年住んでいたということだった。娘二人は現在二十代前半だろうといわれているから、中高生時代もその家で送ったとみていいだろう。あるいは自宅付近の高校を出ているかもしれない。

この調査を単独でするには時間がかかりそうだとみたので、あらためてくらしき日日新聞社を訪ねることにした。

翌朝、食事をすませると、倉敷えびす通に面したビルの新聞社のドアをノックして入った。

岩尾という女性はきょうも髪を後ろで結わえていた。茶屋を見るのは二度目だったからか、彼女はにこりとした。

茶屋は、和栗姓の家族の現住所や職業を知りたいのだと話しているところへ、デスクの津高が出勤した。

津高は岩尾の淹れたお茶を飲みながら、茶屋の話をきいた。

「私はきのう、観龍寺へいって、隣に住んでいた井上正光さんにも会いました。……和栗姓の家族の職業と現住所を知るためでした。しかし転居先は知られていませんでした。四十代後半の主人は、毎日、スーツ姿で家を出ていったということぐらいしか分かりませんでした」

「私が尾行したときもスーツを着ていました」

津高は三百メートルほど尾けたところで見失ったという。和栗は津高の尾行に気付いたのではないか。それとも常に尾けている者がいないかを警戒しているのかもしれない。

津高は、和栗文男について警察の捜査員に、十月中旬以降の住所や職業など、さぐりを入れているが、『分からない』の一点張りだという。なぜなのかというと、どうやら内偵《ないてい》中の人物だからしい。

倉敷署は、中野伸之助と鈴川ミヨ子を車で連れまわした男は、和栗文男でないことを認めている。それは伸之助が描いた似顔絵によって証明されたのだ。だが三谷百合亜を誘拐したうえ殺害した人物については、性別も不明、年齢の見当もついていない。

「和栗文男の住所を、警察が明かさないのなら、私は独自に調べるしかありません。観龍寺の家作に住んでいるあいだ、二人の娘は学校へ通っていたでしょうから、付近の中学か高校をあたります」

津高はうなずくと、その調査には岩尾を担当させるといった。

岩尾は髪をとめていた光ったピンをはずした。薄茶に染めた髪が両肩を掃《は》いた。

彼女はあらたまった顔をし、

「申し遅れました」

といって名刺を突きつけるように出した。岩尾江莉《えり》という名で、肩書きは「記者」だった。

岩尾は鶴形山の北側の学校を、茶屋は南側の学校を訪ねることにして、地図を広げて学校の位置を確かめた。和栗という名字しか分かっていないが、珍しい姓だからなんとかなるといって、岩尾はバッグを肩に掛けた。取材や調査には慣れているようだ。

成果があった段階で連絡を取り合って、新聞社で落ち合うことを決めた。

茶屋が二か所目の高校へ向かいかけた午後二時すぎ、岩尾江莉が電話をよこした。

「和栗の娘らしい生徒の前住所、あ、正確には前々住所です。それと他の家族の名や勤務先が分かりました」

南町《みなみまち》というところにいた茶屋は、新聞社へもどることにした。

途中の自販機で冷たいコーヒーを買って飲んだ。新聞社に着くと、岩尾江莉は光ったピンをくわえて髪を後ろに結わえようとしているところだった。すぐに応接セットで向かい合った。

江莉がノートを開いた。

「岡倉《おかくら》文化大学付属倉敷高校に、和栗めぐみという生徒がいました。住所は、倉敷市真備《まび》町尾崎《ちようおざき》。家族は父和栗文男、母裕美《ひろみ》、妹さくら。父の勤務先は、水島《みずしま》化学工業。同家はめぐみの在学中に市内阿知二丁目に転居」

和栗文男の勤務先の水島化学工業は大手企業だが、彼は毎朝、スーツ姿で住まいを出ていったというから事務職なのかもしれない。

水島化学工業の電話番号を調べて、茶屋が問い合わせた。和栗文男の勤務部署を知りたいといったのである。

　人事担当者が応じて、

「そういった名の社員は在籍しておりません」

といわれた。臨時従業員かもしれないといったが、「臨時従業員でも記録はあります」

という。五年前に勤めていたが現在はいないのではときくと、十数年前までさかのぼって
調べたが勤務該当はないといわれた。

「詐称《さしょう》じゃないのか」

　津高は、偽《いつわ》りを書いた書類を学校へ出したのではないかといった。

「私は、真備町尾崎というところを訪ねてみます」

　茶屋は、和栗めぐみのデータをメモしたノートをバッグにしまって、椅子を立った。

5

　真備町尾崎は山陽自動車道の北側だった。同じような造りと大きさの二階家が道路の両側に並んでいた。和栗文男と家族は六年ほど前までここに住んでいたことになっているので、それを知っている家をさがした。

何軒かで聞き込みをするうち水色の壁の家の主婦が、

「ななめ前の家が和栗さんでした」

といった。現在その家には高齢の夫婦が住んでいるが、和栗家とは無関係のようだという。

「和栗さんとはお付合いがありましたか」

茶屋は五十代半ばの体格のいい主婦に尋ねた。

「お付合いというほどではありませんでしたけど、奥さんと立ち話をしたことは何度かありました。当時、高校生と中学生の娘さんがいて、ごく普通のサラリーマン家庭に見えましたけど、じつはご主人は小規模な工務店をやっているようだと、他所《よそ》からききました」

「工務店を。……どこでやっていたんでしょうか」

「井原《いばら》線の川辺宿《かわべじゆく》駅近くということでした。どんな会社なのか、わたしは見たことがありません。なにがあったのか分かりませんが、和栗さんはその商売をやめたということでした」

「工務店が倒産したということです」

「たぶんそうだったと思います。工務店をやめたという話をきいて、何日も経たないうちに住んでいる家を売りに出して、引っ越しました。なかなか買い手がつかなかったらしくて、しばらく空き家になっていました」

「引っ越すとき、ご挨拶がありましたか」

「ありませんでした。何日か雨戸が開かないのを近所の人も不審がっていました。近所のどの家にも知らせずに引っ越したんです。わたしは、どこへいったのか知りません」

「ご主人の和栗文男さんは、あるところへは水島化学工業に勤務しているという書類を出していました」

「えっ、どうしてでしょう。ここに住んでいるときは、工務店をやっていたと聞いてましたが」

真備町尾崎に住んでいた期間は四、五年だという。二階建ての家を買って入居したが、そのころから商売がかたむいていたのではないだろうか。

茶屋は、和栗夫婦の人柄をきいた。

「ご主人とは話をしたことはありませんが、見たところ温厚《おんこう》そうで、道で会えばにこっとして頭を下げました。ご主人に比べて奥さんは目端《めはし》が利《き》きそうで、はっきりした口調で話す人でした。二人の娘さんはご主人に似ていて、鼻の高い器量よしでした」

車を持っていたかをきいた。

「変わった色の乗用車を持っていて、ご主人が乗っていました」

「変わった色といいますと……」

「カーキ色でした。うちの主人がいうにはアメリカ車だそうです。和栗さんは車好きだったようで、べつの車に乗っていることもありました」

「べつの車といいますと……」

「黒や銀色の乗用車です」

「カーキ色の車があるのに……」

「乗り換えたのかと思ったら、カーキ色の車はガレージに入っていました」

和栗は工務店経営でなく中古車を売買する商売でもやっていたのではないか。それとも工務店経営が不振のため車を扱う仕事に転身したのかもしれない。

和栗は娘が入学した学校へ、職業を偽って届けていた。自分の商売を知られたくないので大手企業に勤務としたのではないか。工務店経営でもよかったが、大手企業の社員のほうが信用が高いとみていたような気がする。そう考えるような和栗文男はうさんくさい人間なのだ。だから警察ににらまれたのではないだろうか。

東京杉並区の三谷百合亜という八歳の女の子が下校時に攫われ、七百五、六十キロもはなれた倉敷まで連れてこられて殺された。

同様の事件が発生すると警察はまず不良性のある人間に的《まと》を絞《しぼ》る。和栗は警察のリストに上がっている男だったのでは。だから観龍寺の家作に住んでいた当時の素行を嗅いでいた。百合亜が誘拐された十月十日から数日間の行動を把握《はあく》することはできたのだろうか。

犯人の目的地が倉敷かその周辺だとしたら、少女を乗せた車は休み休みでも千五百キロ以上を走行したことになる。

警察はそのことに注目したのではないか。つまり犯人は長距離運転に耐えられる体力と慣れている者とみたにちがいない。その意味では長距離輸送のドライバーという可能性もあると思った茶屋は、はっと気付いたことがあった。

真備町に住んでいたころの和栗は、工務店経営といいながらいろんな車に乗っていた。車好きというだけでなく、長距離を走ることもあったのではないか。それで警察の目にとまり、百合亜事件に関係がありそうだとして、刑事は大工の井上正光を訪ねていたのではないだろうか。

和栗は家族とともに観龍寺の家作から転居した。寺側の要請による、家の建て直しのための退去とはいえ、それが百合亜事件の直後だから余計に怪しまれている。

百合亜を連れ去った犯人は、家族に対してたとえば身代金などを要求していない。だがなぜ殺害したのか。泣き叫んで手に負えなくなったからか。

井上正光の話によると、警察は和栗を、百合亜事件に関係していそうだとして捜査しているらしいといったが、彼には娘が二人いる。二人とも二十代前半。目立って器量よしだという。娘を育てたことのある男は、少女誘拐などにかかわらないような気がするが、それは茶屋だけの了見《りょうけん》だろうか。

「警察は和栗文男と家族の転居先を、つかめているでしょうか」

新聞社へもどった茶屋が津高に問い掛けた。

「どうでしょうか。捜査員は分からないといっています」

新聞社は、記事になりそうもない事柄は追いかけないことにしているらしい。

倉敷署には、情報網としての親しい捜査関係者が一人や二人はいるだろうと津高にきくと、彼は小首をかしげてから、

「一人います」

といった。

「気軽に話ができそうな人ですか」

「防犯課の警部です。捜査に差し支えることは聞き出せないでしょうが、世間話の調子でなら……」

津高は都合をきいてみるといって電話を掛けた。美観地区入口近くの［しのぎ家《や》］で軽く食事をしないかと誘った。

しのぎ家というのは、茶屋が昨夜食事をした店だった。

「じゃ、あとで」

津高は警部とは親しそうだった。

津高はパソコン画面をにらんでいる岩尾に、

「三宅さんとメシを食うが、一緒にどうだ」

ときいた。

「いきます」

彼女は画面から顔を逸《そ》らさなかった。

「三宅さんなら、私も会ったことがあります」

茶屋は、中野伸之助が倉敷で解放されたあと、麻子と一緒に身柄引き受けに署へいっている。そのとき会ったのが三宅警部だった。三宅には伸之助が描いた犯人の似顔絵を渡している。

きょうも食事どころをさがしているらしい観光客が何組か歩いていた。倉敷川を背景にカメラやスマホに向かってポーズをとっている女性たちもいた。

津高と岩尾と茶屋は、座敷へ上がった。と、そこへ三宅が着いた。岩尾は三宅とは何度も会っているようだった。三宅は茶屋が加わっていたので、「やあどうも」といったが、なぜ茶屋もいるのかという顔をした。

四人はビールで乾杯した。

茶屋は、観龍寺の家作に住んでいた和栗文男の行方さがしに、協力してもらっているのだと新聞社の二人のことをいった。

「倉敷署は和栗文男を、東京の少女殺しの被疑者の一人に挙げているそうですが……」

津高が三宅にきいたところへ、サザエのスモークとカキの朴葉《ほおば》焼きが運ばれてきた。

「わたしは、カキ」

岩尾はだれよりも先に箸を持った。

「素行のよくない者の行動とアリバイを、片っ端《かたっぱし》から調べているんです」

三宅が答えた。

茶屋もカキをつまんだ。

「和栗は十月に引っ越したが、現住所をつかんでいますか」

津高がきいた。

「和栗文男の住所は不明ですが、きょう、娘の住所を確認したということでした」

現在和栗夫婦は娘二人とはべつの場所に住んでいるという。観龍寺の家作では四人が同居していたが、転居するときに二か所に分かれたということらしい。

長女・めぐみと次女・さくらの現住所は倉敷市浜町《はままち》のアパートだった。捜査員はきょう、めぐみに会った。彼女は二十二歳。身長は一六五センチぐらいで、目鼻立ちのはっきりした美人だったという。

両親の住所をめぐみにきいたところ、『知りません』と答えたという。親の住所を知らないはずはないだろうと追及したが、前の住所からはべつべつに引っ越したので分からない。そのうち連絡があると思う、とまるで他人事《ひとごと》のようないいかたをし、急いで出掛けなくてはならないのでといって、捜査員を振り払うように駆け出したという。そのあと捜査員は一時間あまり張り込んでいた。が、その日はめぐみもさくらも帰宅しなかった。

「倉敷署が、和栗文男を引っ張ろうとしている目的は、なんですか」

津高はサザエを嚙みちぎった。

「どうも車を扱っているようなんです」

「車を扱うとは……」

「窃盗です」

「車を盗む」

「そう、駐車中の乗用車や四輪駆動車を主《おも》に」

「和栗は工務店をやっているということでしたが……」

「工務店をやっていた時期もあったようですが、下請け業者が手抜き工事をし、そのために住宅を買った複数のお客が、欠陥だらけだといって、トラブルになりました。和栗は下請け業者に責任をとらせようとしたが、その交渉はうまくすすまず、結果は工務店倒産ということになった。そのあと和栗は児島で、デニムの織屋《おりや》をやっていたんですが、競争の激しい世界ですから、少しばかり変わった物を織ったところで、目の肥《こ》えた客は見向きもしなかったようです」

「デニムの織屋からも撤退したんですか」

「そこまではまだ調べきれていないんです」

「少女誘拐と殺人には、和栗は無関係なのではないでしょうか」

「さっきもいったように、素行の定まらない者を洗っていたら、その網に和栗がひっかかったんです。百合亜ちゃん事件にからんでいるかどうかも、まだ分かっていません」

しかし和栗が転居した後の行き先は不明である。

五章　冬の雨音

1

きのう倉敷署員が、和栗めぐみに会ったという市内浜町のアパートを茶屋は訪ねた。クリーム色の壁をした二階建てアパートは新しそうに見えた。十世帯が入居しているようだが、集合ポストには「和栗」の名札は入っていなかった。茶屋は一階の東の端の部屋のインターホンを押したが応答はなかった。普通の勤め人ならとっくに部屋を出ていった時間だ。

三番目の部屋では眠そうな女性の声が応じた。「二階の東から二番目の部屋に最近入居した女性がいますが、お会いになったことがありますか」とインターホンできいているうちに、ドアが開いた。茶髪の女性が茶屋の風采《ふうさい》を確かめるように頭から足の先まで見てか

ら、

「警察の人じゃなさそうね」

といった。

茶屋は首を曖昧《あいまい》に振った。

「最近入居した女性に、お会いになりましたか」

「会いましたよ。あなたは二階の人とどういう関係なの。若くてきれいな人だから知りたくなったんでしょ。どこで知り合ったの」

「一度も会っていません。私は和栗さんの職業などを調査しているんです」

「だれかに頼まれて……」

「そうです」

茶屋は口実を使った。

「わたしは、職業なんか知りません。二人は似ているので姉妹《しまい》だろうとみているだけ。二人は一台の車に乗って出掛けるので、同じところに勤めているのかもって思っただけよ。……大家さんにきいたら」

茶屋はアパートの家主を訪ねるつもりだったので、どの家かときいた。

彼女はつっかけを履《は》いて通路に出ると、母屋《おもや》を植木で隠しているような塀《へい》のある家を指差した。

和栗姉妹は車で出掛けるといったので、どんな車に乗っているのかをきいた。

「グレーの乗用車。新しそうだった」

「車種とかナンバーを憶えていますか」

「他人の車なんか。どうしてそんなことまできくの」

「和栗さんの所有車なのかどうかを、知りたかったんです」

「あんた、顔に似合わずききかたがずうずうしいね」

「そうですか。ずうずうしいくらいでないと、この仕事は務まりません」

「どこからきたの」

彼女のききかたも無遠慮だ。

「東京です」

「名刺かなんか持ってたら、出して」

茶屋は黒いケースから名刺を抜いて渡した。

「茶屋次郎。どっかできいたことがあるような……。勘《かん》ちがいかしら」

彼女は首をかしげたが、茶屋は背中を向けた。

アパートの家主の家のインターホンを鳴らすと、犬が吠《ほ》えた。その声からして大型犬のようだ。

主婦らしい女性の声が応じた。

茶屋は名乗って用件をいった。

木戸が開いているので、どうぞなかへ、といわれたが、二度吠えた犬の声に怯《ひる》んだ。

「大丈夫ですよ。噛《か》みついたりしないから。犬が苦手なんですの」

「はい。大きい犬は、ちょっと」

茶屋は木戸をそっと開けて首を入れた。

主婦は玄関を出ると、茶色の大きな犬の頭を撫《な》でた。茶屋が玄関へ近づいてくるのを笑って見ている。なんとなく意地の悪い人のようだ。

彼は名刺を渡して、和栗姉妹の職業を知りたいといった。

主婦は彼の名刺をつまんでじっと見てから、

「会社名がありませんね」

といって、素性《すじょう》を確かめるような顔をした。

茶屋は、本業は旅行作家なのだが、知り合いがある事件に遭遇した。その現場が倉敷だったので調べをすすめたら、和栗という家族にたどり着いた、とここでも事情を話した。

「倉敷で起きた事件って、どんな事件なんですか」

主婦は曇った表情をした。

「東京で小学生の女の子が、何者かに連れ去られて、高梁川の川岸で遺体で発見された事件です」

「その事件、たしか十月でしたね」

「連れ去られたのが十月十日でした」

「事件だから、警察が捜査しているんでしょ」

「そうですが私も、ちがった角度から」

「その事件に、和栗さんが関係していそうだっていうんですか」

「警察はそう疑ったようです」

「なぜでしょう」

「車を持っているからです」

「車を持っている人なんか、珍しくはないでしょ。この辺のたいていの家には車がありますよ」

「私のうかがいかたがまずかった。和栗さんのお父さんは車を扱う仕事をしているようです」

「車を扱う……」

主婦はつぶやいて、彼女の足にぴったりくっついている犬の頭を撫でたが、「和栗さんは姉妹で住んでいて、同じ会社に勤めているといっていました」

茶屋は、その会社名と所在地を教えてもらいたいといった。

主婦は一瞬迷ったようだったが、契約書を見るといって玄関のなかへ消えた。犬はドアの前にすわって、一、二度、茶屋の顔を仰《あお》いだ。

主婦は小さなメモを手にして出てきた。

メモには「水島化学工業・水島海岸通」とあった。和栗めぐみとさくらは同じ会社に勤務していると、家主に申告したのだった。

茶屋は直感的に、「嘘《うそ》だ」と思ったが、主婦が手にしているメモの記述をノートに控えた。保証人をきくと、父親の和栗文男で、住所は倉敷市阿知二丁目だという。その住所は家族四人で住んでいた観龍寺の家作である。つまり前住所だ。両親もそこから転居しているのだ。それなのにそこを両親の現住所ということにした。契約書は姉妹のどちらが記入したか分からないが、この二人もしたたかな人間のような気がした。

茶屋は、くらしき日日新聞社へ立ち寄った。岩尾江莉が笑顔で、「こんにちは」といった。

茶屋は津高に、和栗めぐみとさくらの姉妹の住まいを見てきたことを話してから、水島化学工業へ電話して、和栗姉妹が在職しているかを問い合わせた。

「そういった名の社員は、在籍しておりません」

人事係は答えた。

やはり嘘だった。親子して勤務先を偽《いつわ》っていた。親子にとって大手会社勤務というのは憧《あこが》れだったのではないか。和栗家の四人に勤務先はあるのだろうか。

「どうしたらいいか……」

茶屋は腕組みした。

「和栗姉妹は一緒に車に乗って出掛けるっていうから、アパートを張り込んで、後を尾《つ》けたらどうでしょう」

それはあしたの朝の仕事だ。車を運転する岩尾江莉が、茶屋の調査に協力してくれることになった。

茶屋は、いっとき手がすいたので美観地区を見て歩いた。以前、ここへきたときにも見たが、井上《いのうえ》家の住宅がいい。江戸時代初期以来、倉敷代官所より町役人に任命された特権的な商人や地主である古禄《ころく》派十三家の一つだ。建物は、元禄《げんろく》年間（一六八八〜一七〇四）あるいはそれ以前の建築と推測されている。本瓦葺《ほんがわらぶ》き二階建てで、親付《おやつ》き切子格子《きりこごうし》をもつ伝統的町家造りだ。

次に倉敷代官所跡の倉敷アイビースクエアをあらためて見学した。ここは倉敷紡績《ぼうせき》三代目社長の大原總一郎《そういちろう》が提唱した「三つのコウ」すなわち「交流、思考、工作」の実現を目指した文化施設だ。第二次世界大戦中に軍需《ぐんじゅ》工場となり、戦後放置されたままになっていた倉敷紡績の工場を手入れして、一九七四年に開業した。蔦《つた》のからまる赤レンガ造りのホテルには客室が百四十あまりあり、イベント会場としても利用されている。

倉敷川河畔へ出ようとして歩いているところへ、ハルマキが電話をよこした。

「先生は、いまどこで、なにしてるんですか」

彼女の声には元気がない。

「倉敷の美観地区を見学しているんだが、そっちにはなにかあったのか」

「サヨコは、お昼を食べてから、美容院へいくっていって出掛けたけど、午後四時になったのにもどってこないんです」

「サヨコのかかりつけの美容院を知らないのか」

「最近、変えたらしいの」

「それにしても、勤務時間内に美容院へいくとは、不真面目《ふまじめ》も度を超えているんじゃないのか」

「そうですか。頭が痒《かゆ》いっていってたから、もしかしたら美容院じゃなくて、皮膚科のお医者さんへいったのかも。お医者さんなら勤務時間内でもいいんでしょ」

「それは程度にもよる。頭がちょっと痒い程度は、緊急を要する病気じゃない。私がいないのをいいことに、デパートにでもいって、店内をぐるぐる……」

「そうかしら。もしかしたらＢｕｎｋａｍｕｒａ《ぶんかむら》で映画でも観《み》ているのかも」

「私が事務所にいないときは、いつもそうなのか」

「そうでもないと思いますけど」

まるで他人事《ひとごと》のようである。

「サヨコがもどってきたら、きょうは欠勤扱いだと、そういっておけ」

「欠勤とは、ひどいじゃない」

急にサヨコが応えた。

「おまえ、美容院へいってきたそうじゃないか」

「そうですよ。先生がいなくても、身ぎれいにしていないと、人さまの目があると思ったからですよ。そのついでに文房具の足りない物を思い出したので、それを買ったり、見てまわったり。文房具の店って、見てまわっていると飽きないのね。きょうの先生は、どこをぶらぶら……」

「美観地区だ。これから高梁川へいって、百合亜ちゃんが遺棄《いき》されていた現場を見てくる。……私は取材活動をしているんだから、ぶらぶらなんていわないでもらいたい」

サヨコは、「どうしてきょうは、頭が痒いのかしら」と、独《ひと》りごちて電話を切った。白い指ととがった爪を茶屋は想像した。

2

翌朝、岩尾江莉のハンドルさばきが巧《たく》みなことは、五、六分走っただけで分かった。車はオフホワイトの軽乗用車だ。

倉敷市浜町のアパートが見とおせる場所へは、午前八時半に到着した。週末だったが、勤め人らしい男女がアパートを出ていった。

アパートの裏へまわって、左から二番目の部屋の窓を眺めた。その窓にはカーテンが吊るされている。和栗姉妹が住んでいることになっているが、はたしているのかどうか分からない。二人は昨夜、帰らなかったことも考えられる。

二十分経《た》った。カーテンが揺れて、開いた。窓も開いた。長い髪の若い女性が、窓に白い物を広げ、両手で埃《ほこり》を払うようなしぐさをすると、窓を閉めた。寒いからにちがいない。

これで姉妹か、どちらかが部屋にいることが分かった。

また窓が開いた。さっきの女性より髪の短い女性が、洗濯した物を干した。シャツ類だと分かった。その人は綱に吊った洗濯物を両手で叩《たた》いていた。

これで部屋には少なくとも若い女性が二人いることが確認できた。

アパートの周囲を見まわすと、何台かの車が目にとまった。空き地に勝手にとめてあるようだ。

きのう聞き込みに寄った一階の女性の話では、和栗姉妹が乗っているのは、わりに新しいグレーの乗用車だということだった。が、付近でその車をさがしたが見つけられなかった。姉妹はアパートから少しはなれた場所にとめているのかもしれない。

張り込みをはじめて一時間あまりがすぎた。二階の窓が開いて、物干しロープをたぐり寄せて洗濯物を取り込んだ。部屋のなかへ干し直すにちがいなかった。

「出掛けるらしい」

茶屋がいうと、江莉は首で強くうなずいた。

玄関が見えるほうへ移ると、車のなかから二階を見つめた。ビジネスマン風の男が階段を下りると走っていった。

和栗姉妹らしい二人が階段を下りてきた。二人の身長は同じくらいだが、髪の長さがちがっている。

「二人とも長身ですね」

二人は、一六五センチぐらいだろうと見当をつけた。二人とも黒か紺《こん》のバッグを抱えている。アパートの前を左に曲がった。江莉は車を出した。

二人は新しい住宅の前をとおって枯《か》れ草の生《は》えた空き地に入った。そこにはグレーの乗用車がとまっていた。アパートには無料駐車場があるのに、はなれたところへとめておくのも怪しい。二人はその車に乗り込むと、なにかを話し合っているのか五分ばかり動かなかった。

午前十時五分、グレーの乗用車が走り出した。どうやら短い髪のほうが運転し、もう一人は助手席だ。

南へ向かって四キロあまり走ると、水色の壁のアパートの横に車をとめた。新田《しんでん》という町だ。茶屋と江莉が乗った車は五十メートルほど手前でとめて、グレーの車をにらんだ。尾行している間に茶屋がナンバーをカメラに収めた。世田谷ナンバーである。

グレーの車に乗っている二人は降りなかった。

茶屋は、倉敷署の三宅警部に電話して、グレーの車のナンバーを伝えた。その車の愛称は「タイガースカイ」だ。

三、四分経つと黒のワゴン車が走ってきて、タイガースカイの横にとまった。双方の車は窓を下ろして話し合っているようだ。黒い車にはどんな人が乗っているのか見えなかった。

両方の車は走り出したが百メートルほどのところで黒い車はとまり、帽子をかぶった男が降りた。

タイガースカイはさらに百メートルほど走って、空き地にとめると女性二人が降りた。

帽子の男は道路の端に立っていた。和栗めぐみとさくらと思われる二人は、立っている男のところへ近寄り、三人が水色の壁のアパートの階段を上った。

「男の人の家じゃないでしょうか」

江莉が車のフロントから階段を上る三人を目で追った。

「たぶんそうでしょう。男は和栗文男の可能性がありますね」

階段を上った三人は左へ歩いて、端の部屋へ入った。ドアに鍵《かぎ》を差し込まなかったようだ。室内にだれかがいるということだろう。

「文男という人の奥さんでは」

「そうでしょう。裕美という名です」

家族四人がそろったということか。

同じ場所に長くとまっていると怪しまれるので、と江莉がいって移動し、黒のワゴン車が見える地点にとめた。

三宅警部から電話があった。

「タイガースカイは、埼玉県東松山市《ひがしまつやま》で盗難に遭《あ》った車です。盗んだ車を乗りまわしているとは、太いやつですね」

「乗っているのは二十代前半の女性です」

茶屋は、和栗めぐみとさくらの住所を伝えると、「もう一件」といって、黒いワゴン車のナンバーを告げた。

三宅は十分後に電話をよこし、黒いワゴン車も盗難車だといった。それは「飛騨《ひだ》」ナンバーで、東京の新宿区で盗まれているという。

「飛騨とは……」

江莉は首をかしげた。

「岐阜県です」

「岐阜県から東京へいった人は、気の毒に……」

和栗家の四人は、アパートの部屋で食事でもしていそうだ。グレーのタイガースカイも黒のワゴン車も、アパートからはなれた場所にとめている。盗難車だと知られて、警官に張り込まれた場合を想定しているのではないか。

和栗家の人たちは、これからもずっと盗んだ車に乗りつづけるつもりなのか。

「車を盗むことは簡単ではないでしょう。どうやって盗むんですか」

「特殊な技術が必要です。まずドアを解錠《かいじょう》する。車内で盗難防止装置のイモビライザーを解除。それからハンドルロックを解除。そしてスタータースイッチ直結後、ＯＮでエンジンがかかる。これらをスムーズに行なうには、知識だけでなく手慣れていなくてはやれないでしょうね」

「茶屋先生は詳《くわ》しいですが、まさかやったことがあるんですか」

江莉は前方を見たまままきいた。

「経験はないが、車の操作に通じている人にきいたんです」

盗難車に乗っていることが分かったのだから、倉敷署では犯人を取り押さえるための手配をしているはずだったが、水色のアパートの階段を四人が下りてきた。和栗の家族だ。四人は二手《ふたて》に分かれて速足で、男が黒いワゴン車に、中年女性は空き地にとめてあったオフホワイトの乗用車に、姉妹はタイガースカイに素早く乗ると、三台の車は一斉《いっせい》に走り出した。

二、三分で三台は一列になった。先頭は黒いワゴンで男が運転している。最後尾はオフホワイトの乗用車で、その車は古そうである。三台は北のほうへすすんで山陽本線の線路をくぐった。国道四二九号の標識が目に入った。学校の校舎らしき建物が見えたところで三台は畑に車を突っ込むようにしてとまった。それを待っていたように学校のほうから乗用車が二台近づいてくると男が四人降りた。それがまるで合図だったように、後方でサイレンが鳴った。そのサイレンはすぐにやんだが何台かの車から十人ほどの男女が飛び出してきて、車から降りた四人と和栗の家族を取り囲んだ。警官だ。気付かなかったが茶屋と江莉の乗った車を尾行していたにちがいなかった。

もう一台警察車両が着いた。わめくような声がしたし、地団駄《じだんだ》を踏むような音もした。

警察は、盗難車両引き渡しの現場を押さえたのだということが分かった。乗用車二台でやってきた四人の男たちと、和栗の家族四人が、警察車両に押し込まれた。班長らしい肩幅の広い男が茶屋と江莉の前へきて、

「あなたたちにも、うかがいたいことがあるので、倉敷署まで」

といった。

茶屋と江莉は軽乗用車で倉敷署に着いた。すぐに三宅警部が出てきて、「ご苦労さまで

した」と目を細めた。

茶屋と江莉は、和栗めぐみとさくらの住所を張り込んでいて、二人の外出を尾行したことを話した。二人が会った帽子の男は和栗文男だった、古そうな乗用車を運転して、姉妹と文男が乗った車の後に続いていたのはやはり文男の妻の裕美だった。家族四人で車を盗み、それを売り渡すのを仕事にしていたようだった。

和栗文男はこれまでも車を盗む犯罪にかかわっていそうだということから、倉敷署はたびたび彼を呼んで事情を聴いていた。が、犯行の証拠をつかまれていないのをいいことに、無関係だといい逃れを繰《く》り返していた。同署の捜査本部は和栗を素行のよくない男とみたことから、他の事件にもかかわっていないかと追及したが、とんでもないこととはねつけられていた。

「なにをやっても、うまくいかないという人間はいるものです」

三宅警部は和栗文男のことを指した。

「工務店をやっていた時期があったようですが」

茶屋は取材ノートを開いた。

「技術資格もないのに、住宅の建築を請け負ったり、他社が建てた住宅の販売をやっていたんです。その後にはじめたデニムの織屋もうまくいかなかった。どうして商売が実《み》を結ばないのかを、彼とかかわった何人かにきいたところ、商売でも、個人的な付き合いでも、知り合ってしばらくすると面倒なことが起きる人だということが分かりました。物や金の貸し借りもそうだし、欠陥のある商品を売りつけようとする。そして和栗は弁が立つ。曲がったものでも真《ま》っ直《す》ぐだといって、押し通そうとするらしい。なので知り合った人は警戒して遠ざかるんです」

和栗はどこで知識をつけたのか、車を盗んで売り渡すことに専念するようになった。

「不思議なんですよね」

三宅はつぶやいて首をかしげた。

なにが不思議かというと、妻と二人の娘が、車を盗む彼の仕事に協力していた点だという。

「犯罪なんですから、一人ぐらい反対する者がいそうな気がするのに、全員が夫や父親のやることに協力している。妙な家族です」

「車を盗むのは、文男の発想ではなくて、妻か娘が考えついたことかもしれません」

茶屋は剃《そ》り残しのある三宅の顎《あご》を見ていった。

「家族が考えついた……」

「お父さんは、なにをやっても失敗する。それを見た家族が、窃盗を提案したということも……」

「すると文男は、家族から見下げられていたどころか、同情されたり、好かれていたんでしょうか」

「けさ、娘たちのようすを観察していて、そんな気がしました。二人の娘は、すすんで仕事に向かうような感じでした」

「スリルのある仕事だから、面白《おもしろ》がってやっていたのかな」

三宅は顎に手をやった。

「和栗文男と家族が盗んだ車は、どこからかやってきた四人の男たちに引き渡されることになっていたらしい。四人は引き取った車をどこへ運ぶつもりだったんでしょうか」

「富山港だと思います。富山では船に積み込む前に解体する車両もありますが、手を掛けずそのまま積んで、ロシアへ向かうそうです。なかでも四輪駆動車が人気ということです。北海道で盗んだ車は、稚内《わっかない》の港へ運ばれることが多いようです」

「それもロシア領へ……」

「サハリンや北方諸島へ売られていくんでしょうね」

和栗の家族はこれまで何台、車を盗んで乗りまわしたり、盗難車を専門に買い取っている業者に売り渡したりしたのだろうか。

3

新聞社の津高が、ママカリずしを食べようと誘ってくれた。茶屋は食べたことがあるような気がしたが、「初めてです」といって、倉敷の中心地のすし屋のカウンターに並んだ。

江莉が十分ばかり遅れて着くと、茶屋をはさんですわった。

茶屋と津高は酒を注《つ》ぎ合いながら、本日の和栗一家の逮捕劇を振り返っていた。

江莉は、板前がママカリの腹を開き、中骨と腹骨をすき取る包丁さばきを、にらむように見ていた。

板前は小魚を笊《ざる》にあげて水を切り、酢にひたすと、

「七、八分待ってください」

といった。

彼女はママカリずしを食べにきたのだからといって、酒以外は口にしなかった。
七、八分がすぎた。板前は酢の鉢《はち》から引き上げた小魚の背びれを抜くと、にぎりずしに仕上げた。
小ぶりのにぎりずしが椹《さわら》の板の上にのった。

「これは……」

茶屋は言葉を失った。これほど香りのある魚を食べたことがなかった。

「ママカリの卵を食べたことは……」

津高がきいた。

「卵。いいえ、ありません。珍味ですね」

「卵は小さくて薄い。十四でも盃《はい》に半分です」

「焙《あぶ》るんですか」

「いえ。茹《ゆ》でて、ポン酢で。香りがたまりません」

ほどよく酔ったところで、今夜は早めにホテルへ引き揚げた。


次の朝、朝食をすませて、ロビーで新聞を広げたところへ、三宅警部が電話をよこした。彼の話をきいた茶屋は新聞を放り出した。

和栗めぐみとさくらの姉妹が乗っていたグレーの乗用車・タイガースカイの車内から、三谷百合亜の血液型DNAと一致する血液痕が検出されたという連絡だった。

その車の所有者は世田谷区経堂《きょうどう》の陣馬達友《じんばたつとも》で、八月三十日の午後に東松山市の梨畑横の空き地にとめておいたところを盗難に遭った。勿論《もちろん》すぐに盗難届を出していた。

きのう、その車の所有者である陣馬を、住所の所轄《しょかつ》の警視庁北沢《きたざわ》署に呼んだらしい。

彼はパンの小売店を都内に何店舗も展開している会社の経営者だった。車を盗まれた日、彼は、車を一時とめておいた場所を所轄する警察署へ歩いていって、『盗まれたらしい』と告げた。盗難届を出したが、その後警察からはなんの連絡もなかった。

車がないと不便なので、新車の購入を決め、車が届くまでの間は、息子の車に乗っていた。

なぜ人の往来のなさそうな梨畑の横になどとめておいたのかと、北沢署の捜査員はよけいなことと思ったが尋ねた。すると陣馬は恥ずかしそうに、近くのホテルを利用していたと答えた。そこはラブホテルだったのだ。

念のために三谷百合亜の写真を見せ、知っていたかときいた。

『少女ですね。知りませんが、どういう子どもですか』陣馬は写真に見入った。

『十月十日の午後、杉並区の小学校からの下校途中、何者かに連れ去られ、十月十四日に岡山県倉敷市の高梁川河岸で遺体で発見された。検査の結果、絞殺《こうさつ》されたことが分かった。まだ犯人は分かっていないが、あなたの所有車内から、写真の女の子が乗っていたという痕跡《こんせき》が見つかった』

陣馬は目玉を落としそうな顔をした。

『もしかしたらあなたは、何者かに恨《うら》まれていて、少女誘拐《ゆうかい》殺人の罪をかぶせられようとしているのかもしれません。心あたりがありますか』

捜査員にきかれた彼は首を横に振り、両手を合わせて震えた。

『反対に少女を誘拐して殺害した車を、ドアを施錠《せじょう》せずにどこかに放置しておく。人に盗ませる。盗まれた車はやがて海外へ送られる。それをあなたは期待したとも考えられるが』

陣馬は、そんなことを考えたこともないといって蒼《あお》い顔をした。

岡山県警は、乗用車、タイガースカイの車内から検出した三谷百合亜の痕跡を精《くわ》しく検《しら》べた。その結果、彼女の血痕は十月十日あたりに付着したものと判明した。

八月三十日の午後、東松山市の梨畑横でタイガースカイを盗んだ犯人が、十月十日の午後、百合亜を誘拐して、西へ走り、十二日か十三日に殺害して、高梁川河岸へ遺棄したとみられる。

十月十五日の午後、和栗文男は倉敷市玉島勇崎《たましまゆうざき》の稲荷《いなり》宮脇で、グレーのタイガースカイから降りると駆け出していった男を、車のなかから見た。その男の挙動がおかしかったので、とまったままのタイガースカイを見つづけていた。が、三十分あまり経っても男はもどってこなかった。そこで彼は車を降りるとタイガースカイに近寄り、車内をのぞいた。荷物はなにもないようだった。ドアに手を掛けてみると施錠されていなかった。キーは差し込まれたままだった。

彼は、自分の車の助手席にいる妻の裕美に合図を送った。タイガースカイを盗んで逃げるので、後を追いかけてこいといったのだ。

燃料はしっかり入っていた。日暮れぎわに倉敷大橋の近くで、めぐみとさくらに合流した。その日二人には収穫がなかったので、盗んだタイガースカイを運転させることにした――

三宅警部の話だが、車両窃盗の容疑で逮捕された和栗一家の首謀の文男は、取調べ中でもさかんに首をかしげたり、額《ひたい》に手をあてたりしているという。彼はなにかを思い出そうとしているらしかった。

盗んだ車のタイプや愛称や色は記憶しているものが多いのに、車のこと以外だと思い出せないことがあるようだった。

『なにを思い出そうとしているんだ……』

取調官がきくと、

『いまに思い出す。きっと思い出す』

としか答えないという。

倉敷署は、和栗一家がいつから車両窃盗をやっていたかを調べるために、まず、長女のめぐみを留置場から取調室へ移した。

二十二歳の彼女はタマゴ形の顔で、目はやや切れ長だ。留置されているからか疲れているような顔をしているが、化粧映《ば》えしそうな器量で、身長は一六五センチ。

「車を盗むのをいつから稼業にしていたんだ」

「高校を卒業して、三か月か四か月してからです」

「高校を出たあと、一度はどこかに勤めたのか」

「倉敷市内のゴム製品を扱う会社に入りました」

「なぜそこを辞《や》めたのか」

「仕事を教える男の人が、からだにさわったり、嫌らしいことをいったりしたからです」

会社を無断欠勤すると二日目に、人事担当者から電話が掛かってきた。『辞めたい』というと、その理由もきかず、『退職届を送ってください』といわれた。母は、『会社へ抗議しなさい』といったが、面倒なことになりそうなので、それ以上その会社にはかかわらないことにした。

そのころ、父はデニムの織屋をやっていたので、そこへ就職しようとしたら、製品が売れなくて困っている、と母にいわれた。母は父のことを、『運の悪い人』とか、『事業の才能がない人』と評した。こき下ろすのではなく、援《たす》けることを考えたいといっていた。めぐみも、なにをやっても成功しない父を援けたいという気になった。

めぐみは、前住所である観龍寺の近くで、長時間とまっている乗用車を見つけて、不審を抱いた。もしかしたら盗んできて乗り棄《す》てた車ではないかとにらんだ。ドアに手を掛けると施錠されていなかった。彼女は以前付き合っていた素行の悪い男からキーのない車を動かす方法を教えられていた。それを思い出して、手順どおりにハンドルロックを解除し、スタータースイッチをつないだ。エンジンがかかり、車は動いた。その車を運転して三十分ばかり走った。

父と母に会って、車を売りたいが、そのルートを知らないかというと、父は、『知っている』といった。車を買い取るグループの連絡先を知っていたのだった。

父はすぐにそのグループに連絡し、乗用車が一台あると告げた。めぐみが盗んできた車のことだった。

グループの首領の男が父に会いにきた。盗んだ車を買い取ってもらう商談が成立したようであった。首領の次の注文は、大型乗用車で比較的新しいものか、四輪駆動車だった。

和栗一家の四人は盗むことのできる車を渉猟《しょうりょう》して、岡山、広島、神戸、大阪などへ出張した。小用を足しに運転手が降りたトラックを乗り逃げしたこともあった。

倉敷署の三宅警部は、中野仲之助が描いた男の似顔絵を和栗文男に見せた。

すると和栗は、椅子《いす》から飛び上がった。すわり直すと穴の開くほどその絵に注目して、

「こ、この男です」

と唾《つば》を飛ばした。

「この男とは……」

三宅は、和栗の肩を軽く叩いて落ち着かせた。

「私が思い出そうとして思い出せずにいたのが、この男です。鼻の先がとがった特徴がそっくり」

「知り合いか」

「知り合いではありませんが、たしかに会っています」

「どこで会ったんだ」

「一度は、私がキャプテンと呼んでいる男の車に乗っていました」

「キャプテンは、なにをしている男なのか」

「車を買い取ってくれるグループのリーダーです」

「どこで会った……」

「総社《そうじゃ》市の新総社大橋のすぐ近くでした」

高梁川に架《か》かる橋だ。それは今年の八月の暑い日だったという。鼻の先がとがった男がなぜキャプテンの車に乗っているのかは、紹介されなかったので分からなかった。

「男の名は……」

「知りません。一言も言葉を交《か》わしたこともありませんし」

捜査本部は、窃盗犯から車を買っているグループの新潟《にいがた》市の拠点に踏み込み、首領と六名のメンバーを逮捕した。

4

逮捕した七人のなかには、中野仲之助が描いた似顔絵の男がいるのではないかとみていたが、その予想ははずれた。

捜査本部の取調官は、似顔絵を首領に見せた。

『ほう。よく似ていますね』

『何度も会ったことのある男なんだね』

『二、三回会いました』

『名前を知っているね』

『取引をするときには、名前ぐらい知っておかないと不便でしょう』

きいて確認しているという。

『どこの、なんていう男だ』

『倉敷市八軒屋《はちけんや》の花沢安彦《はなざわやすひこ》といって、四十七歳だといっていました』

『住所を確認したのか』

『住所の近くまでいって、「あそこだ」といわれたので、町名と地番をきいて控えておいたんです』

『運転免許証とか保険証を見たか』

『そこまでは……』

『では、本名だったかどうかは分からないじゃないか』

『本人のいうことを信用しただけです』

『取引上、困ることはなかったんだね』

『取引といっても……』

『盗んでいた車を、引き取ったんじゃないのか』

『車は一度も持ってきたことはありませんでした』

『車を持っていないのに、どうして会ったんだ』

『私がほんとうに車を引き取るかを、確かめにきたようでした』

捜査本部は首領の話をきくと花沢安彦という男の住所確認をした。

花沢安彦は実在していた。だが倉敷市八軒屋の貸屋からは今年の十月二十日、転居していた。貸屋の大家は、どこへ引っ越したのか分からないといった。そこで住民登録を調べたが、八軒屋の住所には登録しておらず、倉敷市にも住民登録をしたことはなかった。こうなると、花沢安彦という氏名についても疑いたくなった。

しかし八軒屋の貸屋においての約五年間の生活を知ることはできた。

安彦は妻島子《しまこ》（大家の記述による）との二人暮らしだった。二人はともに倉敷市水島の九条興産《くじょうこうさん》勤務（これも安彦の申告《しんこく》による大家の記録）。平日は朝七時半ごろ小型車に乗って出掛けていた。妻の島子はいくぶん神経質な感じで、人と話すとき眉間《みけん》に皺《しわ》を寄せていた。大家の話では島子はいつも同じような地味な服装をしていたという。大家と短い会話をしたことがあって、夫婦とも長野県生まれで、名古屋市に住んでいたことがあるといったという。

ところが今年の九月ごろから島子の姿を見掛けなくなった。それで大家は、離婚したのではないかとみていた。

捜査員は、中野伸之助が描いた似顔絵を大家に見せた。大家の夫婦は、『花沢さんにそっくり』と答えた。

人相の見当はついたが、花沢安彦の居所をさがしあてなくてはならなかった。

花沢は、八月に東松山市において世田谷ナンバーのタイガースカイを盗んだ可能性がある。その車には十月十日に誘拐された三谷百合亜の血痕が付着しているのだ。彼女は杉並区善福寺の自宅近くで下校途中に連れ去られ、十月十四日に倉敷市の高梁川河川敷公園で遺体で発見された。タイガースカイを花沢が盗んで、百合亜を誘拐し、そして殺害した可能性があるとにらんでいるのは、和栗の供述で十月十五日に倉敷市玉島勇崎にその車を乗り捨てていることが判明しているからである。

貸屋の大家の記録にある花沢夫婦の勤務先の九条興産という会社は水島相生町《あいおいちょう》にあった。工具と家庭用雑貨品の卸《おろし》販売業で、倉敷市と周辺に得意先があって、社員は約二十人。花沢は夫婦で入社し、それぞれが得意先を巡回する仕事に就いていた。事故や金銭トラブルもなく、まず真面目《まじめ》な勤めぶりだったが、今年の八月中旬に花沢が、八月下旬に島子が退職した。二人のその理由は、遠方へ引っ越すということだった。

倉敷署は岡山県警本部を通じて、長野県に花沢安彦の戸籍照会をした。

その結果、同姓同名者が複数いたが、四十代半ばは三人いた。出生地が松本と木曽と飯《いい》田《だ》で、松本生まれと木曽生まれの人は現在も出生地に住んでいた。飯田市生まれの人は、出生地から名古屋市へ転居していた。その人が捜査対象になっている花沢安彦にちがいなかった。その花沢は名古屋市瑞穂《みずほ》区に住民登録をし、そこから移転しているのに、届けを怠《おこた》っているのだった。

夫婦で勤務した九条興産によると、健康保険などの手続きをするので、といって、住民票の提出を求めたところ、『事情により、住所を移せないので』と、曖昧な理由を述べたという。

子どもについてであるが、倉敷では夫婦のみの暮らしだったので、あらためて戸籍を照会し、飯田市と名古屋市の警察に確認した。すると約十年前に八歳の長女・四季名《しきな》が行方不明になり、十日後に長野県木曽郡上松町《あげまつまち》の木曽川で水死体で発見された。

その当時花沢夫婦は名古屋市に住んでいた。

八歳の四季名は、小学校からの下校途中に行方不明になったことが分かった。

これを三宅警部からきいた茶屋は、じっとしていられなくなった。

彼は取材旅行にきているのだから、じっとしていたわけではない。あちこちを散歩した後、倉敷の美観地区の中心部を貫《つらぬ》いている倉敷川の中橋から川舟に乗っているカップルを見下ろしていた。師走も半ばにさしかかったのに時間的にも経済的にも余裕のある人はいるものだと、そんなことを思いながら川面《かわも》を撮っているところを三宅に肩を叩かれたのである。

近くのカフェに入って、温かいコーヒーを飲みながら、花沢夫婦と長女の奇禍《きか》をきいたのだ。

「中野伸之助さんが描いてくれた似顔絵が役立っているんです」

三宅はコーヒーのお代わりをした。

「伸之助さんと鈴川ミヨ子さんを、車に押し込んで、この倉敷へ連れてきた男が、花沢安彦なんでしょうね」

「そうにちがいない」

「花沢安彦は、九条興産で真面目に働いていた。そういう男がなぜ大人を攫って……。二人とも倉敷へ連れてきてから解放した。二人に傷を負わせてはいないが……」

茶屋は腕組みした。

「二人とも登校児童の見守りをしていた。花沢にとってはそれが気に障《さわ》るんじゃないでしようか」

「気に障っても、車で連れ去るというのは、異常です」

三宅は、二十分ほどで立ち上がった。きょうも捜査会議に出席するし、記者発表にも立ち会わねばならないといった。

茶屋は名古屋へいくことにして、ホテルをチェックアウトした。


茶屋は名古屋市に着いた。

当時、花沢安彦と島子は、名古屋市瑞穂区の瑞穂公園に近い萩山町《はぎやま》の一戸建ての家に住んでいた。四季名も含め三人暮らしで、仔犬《こいぬ》を飼っていたことが、付近の人に記憶されていた。

花沢家のことを詳しく知りたいというと、

「町会長をやっていた椎名《しいな》さんが詳しいはず」

といわれ、すぐ近くの椎名家を訪ねることにした。わりに大きい家で、同居している娘が茶屋の名を知っており、雑誌で作品を読んだことがあるといった。

七十代後半の椎名は、夕食をすませて、テレビを観ているという。

「茶屋次郎さんが、おじいちゃんにききたいことがあるんですって」

女性は高い声を出した。椎名は耳が遠いらしい。

「茶屋次郎さんて、だれだ」

「旅行作家の先生よ。週刊誌なんかに面白いものを書いていて、本も沢山出している人」

「本人か」

「本人に決まってるでしょ。お客さんに失礼な」

女性の言葉はいくぶんぞんざいだ。

「旅行作家がなにをききたいんだ」

「ずっと前にこの近くに住んでいた人のことですって」

「だれのこと……」

「それは先生にきいて。上がっていただきますよ」

茶屋は座敷へ通された。

白髪も薄くなった椎名亀五郎《かめごろう》は、鶴のように痩《や》せていた。病気上がりのように窪《くぼ》んだ眼をしているが、目玉は光っていて、正座した茶屋の素性《すじよう》を推《お》しはかるようにじっとにらんでから、

「耳が遠いから、近くへ」

と、手招きした。

茶屋は畳に手を突いて膝《ひざ》をずらした。

「旅行作家だというが、この近くに住んでいた人のことを、どうして知りたいんですか」

椎名は咳《せき》をひとつしてからいった。

茶屋は唾《つば》を飲み込んだ。普段、人に会う機会が多いのでめったに緊張しないのだが、椎名の前ではなぜか自分の鼓動《こどう》の音をきいた。

「ある事件をきっかけに、ある人の身辺を調べていましたら、誘拐だの、監禁だの、窃盗だの、いろんな犯行を重ねているらしいことが分かりました」

「世のなかには、あなたがいうような罪を、まるで生業のように犯している人は、一人や二人じゃないでしょう。あなたのいうある人とはだれのことです」

「この近所に住んでいた花沢安彦と島子という夫婦です」

「花沢……。たしかに住んでいました。夫婦でした……」

椎名は腕を組むと下唇を出して目を瞑《つぶ》った。なにかを思い出そうとしているらしく、しばらく口を利かなかった。

椎名の妻がお茶を運んできた。頬《ほお》のふっくらした胸の厚い人だった。茶屋を珍客とみたらしく、椎名の横にぺたりとすわると、彼の耳に口を寄せてなにかいった。

「そうだ、そうだ、思い出した」

椎名は目を開くと寒気を感じたように身震いした。妻のいったことで、花沢夫婦のことを思い出したらしい。

「いまから十年ぐらい前……」

椎名は言葉を切ると、お茶を一口飲んだ。

「会社勤めの花沢夫婦には、小学生の娘が一人いました」

茶屋は痩せた老人の口に注目した。

「その娘は……」

椎名は首をかしげた。彼の記憶はまだらに抜け落ちているらしい。

「四季名ちゃんという名前」

妻が口を添えた。

「そうだった。おまえ、よく憶えているな」

「わたしはよく憶えていますよ。大事件だったんですもの」

「大事件……」

茶屋が口走った。

「小学校から帰る途中、いなくなったんだ。そうだったな」

椎名は妻にきいた。

「そうです。夏休みが終わってすぐでした。八歳の女の子が家出するはずはないので、だれかに、どっかへ連れていかれたんです」

妻は頰に手をやりながら答えた。

四季名が帰宅していないことは、彼女の母親が勤め先から帰ってきてから分かった。警察にも小学校にも連絡され、すぐに大がかりな捜索がはじめられたという。

5

花沢四季名の行方については、なんの手がかりもないまま日にちだけがすぎた。誘拐されたにちがいないとみられたが、目撃者はあらわれなかった。

十日後、長野県木曽郡上松町の木曽川で、女の子が遺体で発見された。その照会が現地警察からあり、所轄は遺体の写真を受け取り、それを花沢夫婦に見せ、念のため小学校教諭にも見せた。その結果、遺体は四季名だと確認された。

「四季名ちゃんのお母さんは、泣き叫びながらうちへやってきて、警察から知らされたという写真を持っていました。……花沢さんは頼れる身寄りがないようでしたので、わたしがご遺体引き取りに信州へついていきました。警察でご遺体と対面しましたけど、四季名ちゃんはきれいな顔をしていました。夫婦の後ろでわたし、ずっと泣いていたのを憶えています」

「遺体に傷は……」

茶屋がきいた。

「ないようでした」

つまり死因は殴打《おうだ》を受けたり首を絞《し》められたことではなく、川に放り込まれたことによる溺死だった。

「そうだった。私も葬式に参列したし、夫婦の相談にも乗った」

椎名はぎろりとした目を上に向けていたが、

「花沢さんは、信州飯田の出身だった。三歳か四歳ぐらいの四季名ちゃんを連れてここに住むようになったが、しばらくすると、花沢さんの父親が同居するようになった」

といって顎《あご》を何度も動かした。

椎名の話すことを黙ってきいていた妻だったが、急にもじもじと動いて顔を曇らせた。

「花沢さんのお父さんが……」

茶屋は相槌《あいづち》を打つようにいって、椎名の次の言葉を待った。

「同居した父親はどこかへ勤めはじめたようだったが、ある日、警察が車できて、連れていかれたんです。思い出した、思い出しました。ひとつ思い出すと、順にいろんなことを思い出す」

彼は髪の薄い頭に手をやった。妻は用事を思いついたように畳に両手を突いて立ち上がると、座敷を出ていった。

「警察といいますと、その人はなにかの事件にかかわっていたということでしょうか」

「私は町会長として、この町の人たちの生活向き《くらし》には気を配っていた。住民の一人が警察へ連れていかれるなんて穏やかでない。……それで私は警察へ手を回して、花沢さんの父親はなにをやったのかってききました」

椎名は胸を反《そ》らすと冷めたお茶を一口飲んだ。

「どんな事件にかかわったのか、分かりましたか」

「殺人事件でした」

「殺人……」

茶屋は驚いて口を開けた。

「飯田で金持ちの男が、自分の車に乗ったまま殺されたんです」

「まさか、花沢さんのお父さんが、犯人とみられたんじゃないでしょうね」

「犯人とみられたのかどうかは、分かりません。警察へ連れていかれて、何日かして帰ってきたんです」

「では、犯人ではない。事件にかかわっていそうなので、事情を聴かれていたんでしょうね」

「そうだったのかどうか、その後も、警察へ呼ばれていたようでした」

「父親は、どんな人でしたか」

「顔立ちは花沢さんに似ていました。六十も半ばだったと思います。どんな仕事をしているのか知らないが、陽に焼けて黒い顔をしていたのを憶えています。道で会って、こちらが、『こんちには』というと、黙って頭を下げました。話をしたことがないので、どんな声なのかも知りません」

茶屋は、中野伸之助が描いた似顔絵を見せた。

「あれ。これは花沢さんじゃないですか。あんたが描いたんですか」

「いいえ。知り合いが描いたんです」

茶屋は、この似顔絵が描かれるまでの顚末《てんまつ》を話した。

「花沢さんは、その男の人を銚子で車に乗せて、倉敷まで走った。どうしようとしたんでしょうか」

椎名は茶屋の話が面白いのか前のめりになった。

「同じ人だと思いますが、その似顔絵にそっくりの男は、十二月四日に東京の杉並区で、六十歳の女性を車で連れ去り、やはり西へ向かって走り、二日後に倉敷で解放しました」

「妙な男ですね。それが趣味なんじゃないのかな」

「迷惑な趣味ですね」

「いや。男も女も、車で連れ去り、なにかをしようとしていたんだ。ところが走っているうちに気が変わったか、しようとしていたことがバカバカしくなった。それで連れてきた人を放り出した。そこがたまたま倉敷だったんじゃないかな」

椎名は推理好きのようだ。初めのうちはいくぶん険《けわ》しい顔をしていたが、話をしているうちに柔和《にゅうわ》な顔つきになった。

「あなたの話は面白い。一杯飲《や》りながら……」

椎名は、「おーい」とだれかを呼んだ。

娘がふすまを開けて膝を突いた。彼は、ビールを持ってこいといいつけた。娘は笑いながら去っていった。

すぐにびんのビールが運ばれてきた。柿のタネが入った小皿が付いていた。

「椎名さんは、毎晩召し上がるんですか」

「ええ。小さいビールを一本飲んだあと、日本酒を二合ばかり。テレビを観ながらの晩《ばん》酌《しゃく》以外に楽しみがなくなりました」

彼は娘に、飯田で起きた殺人事件の新聞の切り抜きがしまってあるはずだから、さがしてくるようにといいつけた。

娘は首をかしげた。飯田の事件など憶えていないようだ。彼女は母に話してみるといって、座敷を出ていった。

十分ばかりすると妻がやってきて、新聞の切り抜きは見あたらないといった。

「おまえは飯田で起きた殺人事件を憶えているだろ」

「忘れていました。でもそれをいまいわれて、思い出したことがあります。飯田からきたという刑事さんが訪ねてきて、花沢さんの家族のことや、お父さんのことをきかれた憶えがあります」

妻は考え考えゆっくりとした口調《くちょう》で話した。

「飯田の事件と、女の子の事件は、どっちが先だった」

椎名は妻にきいた。

「たしか飯田で事件が起きて、しばらくしてからお父さんが警察へ連れていかれて、それからまたしばらく経ってから、四季名ちゃんの事件が起きたんだと思います」

妻は慎重な口調で話した。飯田の刑事は二度、椎名家を訪ねたということだった。

四季名の事件が起きてから四、五年後に花沢夫婦は転居した。どこへ引っ越したのか近所の人は知らなかったろうという。

「花沢が引っ越すとき、お父さんは同居していましたか」

茶屋が夫婦にきいた。

夫婦は顔を見合わせたが、

「そういえば、お父さんはいなかったと思います」

妻が答えた。

花沢の父は近所の人とまったく交流がなかったようだ。花沢夫婦が引っ越してから、妻は近所の人たちと話したが、どこへ転居したのかも、父親がなぜいなかったのかも知る人はいなかったという。

妻の推測だが、飯田からやってきた刑事は椎名家を訪ねただけではなかったろうという。

花沢夫婦は近隣から疎《うと》まれていたかもしれない。まず父親のことを尋ねに飯田から刑事が訪れた。しばらくすると小学生の四季名が行方不明になり、やがて水死体となって木曽川で見つかった。近所の人たちは事件などとは無縁だったので、花沢夫婦を、不審な人物として白い目で見ていたような気がする。

茶屋は時計に目をやった。午後十時近くになっていた。

「いろいろありがとうございました。それにご馳走《ちそう》にもなって……」

膝を立てようとしたら、

「まだいいじゃないですか。じつは十日ばかり前に会津《あいづ》へいってきたという人が、みやげに酒を持ってきてくれた」

「福島県ですね」

「それを飲んでみたくて、毎日、横目で見ていたんです。いい機会だ。それを飲みましょう」

椎名は酔ってきたらしい。酒好きだが強くないのでは。それとも歳をとって酒のまわりが早くなったのか。

「おーい」

その声に応《こた》えて娘がふすまを開けた。台所のほうの話し声が小さくきこえた。勤めを終えて帰宅した人の声がまじっているようだった。

会津の酒は辛口でうまかった。

「こうしているうちに、先生の役に立つことを思い出すかもしれん」

そういって椎名はちびりちびりと酒を舐《な》めるように飲んでいた。

「花沢さんは、どんな感じの男でしたか」

「真面目そうに見えました。花沢さんが歩いているところを何度か見ましたが、なにかを考えているように首をかしげていたのを憶えている。……お父さんのことや、事件に遭った娘のことで悩みも多かったんじゃないかな」

椎名は目を瞑っていたが、首をかくんと折った。会津の酒の酔いがまわって、眠ってしまったようだった。

茶屋はそっと膝を立てて、台所へ声を掛けた。

「まあ、お客さんの前で、眠っちゃうなんて」

そういった妻と娘に茶屋は礼をいった。

六章　美貌《びぼう》の三姉妹

1

翌日、豊橋から飯田線の特急に乗った。この線は距離が短いわりに駅の数が多いことで有名だ。飯田までは百三十キロ弱だがその間に駅は五十八もある。途中から天竜《てんりゆう》川を見下ろすようになった。ところどころがダムになっていて、緑色の水を満々とたたえて絶壁や空の雲を映していた。天竜川に落ち込む山をくりぬいたからでトンネルがやたらに多い。まるで地下鉄に乗っているようでもあり、秘境を訪ねている気分になる。

二時間三十二分を要して飯田に着いた。駅舎は赤く塗ってあった。あとで知ったことだが赤はリンゴを模《も》したのだった。

壁に貼られた地図を見ていると、天竜川のやや上流に「元善光寺《もとぜんこうじ》」という文字を見つけた。善光寺といったら長野市だが、元は飯田市近くにあったのだろうか。

「南信日報社《なんしん》」の看板を見つけた。過去の事件を調べるのだから警察署できくのが早道のようだが、「なぜ調べるのか」とか、「事件関係者とはどういう間柄なのか」ときかれるにちがいなかった。それよりも事件当時の新聞記事を見せてもらうほうが早いことが多い。

南信日報社は、みやげ物店の二階だった。ドアを入るとメガネを掛けたワイシャツ姿の体格のいい男が椅子《いす》から立ち上がった。四十代前半に見える。

茶屋は、だれにもするように名乗りながら名刺を渡した。

男は自分の席へ名刺を取りにいってもどってきた。北原《きたはら》という記者だった。彼は茶屋の名刺を見直した。

「あのう、週刊誌に紀行文や物語をお書きになっていらっしゃる茶屋さんですか」

「ええ、まあ、あちこちの雑誌に……」

「やっぱり。東京からわざわざおいでになったんですか」

「ゆうべは名古屋に泊まって、その前は岡山県の倉敷に……」

「なにかをお調べなんですか」

さすがに新聞記者は勘《かん》がいい。

たぶん十一年前ごろだと思うが、飯田で発生した殺人事件を詳《くわ》しく知りたいのだ、と茶屋はいった。

「たしかに殺人事件がありましたが、その事件は未解決です」

北原は、当時の記事を出すので、といって椅子をすすめた。

奥のほうから出てきた若い女性社員に北原は茶屋を紹介した。

「茶屋次郎さん。はっ」

瓜実顔《うりざね》の女性社員は両手を胸にあてた。茶屋の名を知っていたのだ。

北原は、茶屋を見て立ちつくしている彼女に、お茶を出すようにいいつけると、パソコン画面に事件の記事を呼び出した。

[十一月十日午後六時ごろ、飯田市知久町《ちくまち》の路上に停車中の乗用車の助手席に、不自然な格好で男性が乗っているのに気付いた人がドアを開けた。すると男性は外へ倒れてきて動かなかった。すでに死亡しているらしいことが分かったので一一〇番通報した。

通報した人は男性を知っていた。とまっている車の前の家の主人だった。

駆けつけた警官によって男性は刃物で腹を刺され、そこからの出血によって死亡したものと推測された。男性の身内の人の話で自殺は考えられないということから、何者かに腹を刺されたものとみられている」

車のなかで死亡していた男性は松寺日出男《まつでらひでお》、五十三歳。市内本町《ほんまち》で紙類卸業の丸松《まるまつ》商事を営《いとな》んでいた。飯田は、元結《もとゆい》や水引《みずひき》の産地で丸松商事は取引先を広く持っている、いわば紙の老舗《しにせ》。

妻・静香《しずか》の話では、昼少し前に会社へいくといって、いつもどおりに車を運転していったという。

会社に着くと三木《みき》という社員と打ち合わせをし、三木を誘って近くのそば屋で昼食を摂《と》った。こういうことはたびたびあるし、特別変わった打ち合わせでもなかった。食事をして会社へもどり、午後三時ごろ、『人に会う』と三木にいって、車を運転して出掛けた。『それきり社長は会社にもどらず、電話もなかった』と、三木は警察の聴取に答えている。

「当日、松寺はだれと会ったのか分からない部分も多いのですが、事件当日、河西万作《かさいまんさく》という男と会ったことは分かりました」

北原は取材ノートらしいものに目を落としていった。

「河西はなにをしてる人ですか」

「松寺は、市内今宮《いまみや》に『風越《ふうえつ》』という料亭を持っていました。それを売却することにしていたんです。料亭の女将《おかみ》は川崎広子《かわさきひろこ》といって当時四十二歳。評判の美人です。彼女は元芸者でしたが、松寺に身請けされて、風越の女将になった人でした。……その料亭の買い手が河西万作だったんです。河西はメリヤス製品の工場を経営していましたが、精密機械の工場に転じて、業績を挙げていました。松寺が『風越』を手放したいという話を耳に入れて、それを買い取りたいと、値段についての話し合いを松寺としていたようです。松寺は交渉をスムーズにすすめるために、間に人を立てたということです」

「間に立ったのがだれだったのかが分かっていますか」

「花沢大造《だいぞう》という男だったらしいが、それははっきりしていません。料亭の売買に花沢大造が一枚噛《か》んでいたのは確かですが、正式な仲介者だったかどうかは分かっていないようです」

「花沢大造……」

茶屋はつぶやくとノートをめくった。花沢大造は花沢安彦の父親ではないか。

「花沢大造は、当時何歳でしたか」

茶屋はペンを構えた。

北原はノートに目を落とした。

「六十四歳でした。名古屋市内の土建会社に勤めていたとかで、真っ黒い陽焼《ひ》け顔をしていたそうです」

十一年前の十一月十日、花沢大造は受け持っている工事現場に出勤していなかった。そこで当日のアリバイを本人に確かめると、体調がすぐれなかったので自宅で寝込んでいたと答えた。彼は二年前に妻を病気で亡《な》くしてからは独《ひと》り暮らしだった。したがって当日、彼がずっと自宅にいたかはだれにも証明できなかった。

「十一年前の十一月十日はどういう日で、なにがあった日でしたか」

茶屋はお茶を一口飲んだ。

「『風越』は約七千万円で売り渡すことにして、その金額に河西は納得していた。彼は手付けの一千万円を前に払っていたので、十一月十日には残金の六千万円を渡したそうです」

「大金ですが、それを松寺は現金で持っていましたか」

「彼が殺されていた車のなかにはありませんでした」

「では、松寺が実際に残金を河西から受け取ったかどうかは分からないのでは」

「当日二人は、『風越』で会っていました。『風越』の従業員が見ていますからまちがいありません。従業員は現金受け渡しの現場までは見ていませんが、河西は松寺から受け取った領収書を持っていて、警察はその領収書を確認しています」

「本物でしょうね」

「本物ということです」

「残金受け渡しの席に、取引の仲介に立った人はいなかったんですか」

「いなかったんです。二人だけだったのを『風越』の女将も従業員も見ていますので、それもまちがいありません」

松寺は、車を運転してきたのでといって酒を飲まず、河西から受け取った六千万円を持って、帰宅の途についた。自宅の前へ着いたところをだれかに呼びとめられ、ドアを開けたようだ。彼は助手席のドアを開けたのではないだろうか。つまり声を掛けた人を車のそばへ呼び寄せようとしたか、車内へ招き入れようとしたとも思われる。

招かれた人物は、刃物を隠し持っていたのではないか。

それとも松寺は助手席側のドアを施錠《せじょう》していなかった。助手席にだれかを乗せていて、そのだれかは途中で降車したとも考えられる。松寺の帰宅を近くに隠れて待っていた者がいて、松寺が独りになったのを見て助手席に入り込み、凶行におよんだということもあるかもしれない。

「私は、顔見知りに声を掛けられたので、松寺は助手席のドアを解錠《かいじょう》したのだと思っています」

北原はそういって唇《くちびる》を嚙んだ。確信している狙《ねら》いがあるのだが、証拠をつかめないのだといっているようだった。

「怪しい人間は何人もいましたか」

「何人かいたようでしたね。そのなかで警察が注目していたのは河西万作と花沢大造でした」

「河西は『風越』を買った人間ですが……」

「河西本人でなく、河西がだれかを雇ったんじゃないかと警察はみたようでした」

「与えた金を取り返す。昔のチャンバラ映画かギャングもののような犯行ですね。……河西万作というのは、評判のよくない人間なんですか」

「吝嗇《けち》で好色《こうしょく》という噂《うわさ》がありました」

「『風越』の女将の川崎広子は、松寺の愛人だったのでしょうが、松寺は『風越』を人手に渡してしまった。そうしたあとの二人の間柄は、どうなったんでしょうか」

「彼女はいったん『風越』を辞めたんですが、河西に懇願《こんがん》されて、女将をつづけることにしたそうです」

「河西と親密な間柄になった……」

「そうなったのかもしれません。松寺は『風越』を手放すとともに、女将との関係も絶ったようでしたから」

広子の評判はどうかときくと、松寺の愛人だったということ以外には、まったく噂の立ったことのない女性だったと北原はいった。

「私は何度も彼女に会っていますし、見掛けたこともありますが、清潔感があって、爽《さわ》やかな感じです。無駄口も利《き》きませんが、無愛想《ぶあいそう》ではありません。いまも『風越』の女将ですが、きれいです」

北原はノートをめくりながら川崎広子の出身地のことを語った。

彼女の生まれは、現在は飯田市になっているがかつては隣村だった上郷村《かみさと》。そこの野底《のそこ》川畔《がわ》の斜面に建つ農家の長女だった。彼女の下に二人妹がいたが、三人とも小学生のときから器量《きりょう》よしといわれていた。

広子は、中学を出ると飯田の料理屋へ住み込みで勤めた。そこで器量のよさが見込まれ、置屋へ移って芸者になった。二、三年経《た》つと身請けの申し込みがいくつもあったが、彼女は芸者をつづけていたいといって断わっていた。

紙問屋の松寺日出男の身請けの希望を受け入れたのは二十六歳のとき。すぐに『風越』に勤めはじめ、一年後に女将になった。松寺の愛人であるのを知らない向きは、『風越』へ通っては彼女にいい寄っていたし、正式に結婚の申し込みをした人もいたという。彼女には、妊娠したとかしているという噂が流れたこともあったが、やがてその噂は霧《きり》のように消えていった。

広子が女将になると、二人の妹も『風越』に勤めた。勤めているうちに縁談が舞い込み、その話に応じて、二人は市内で所帯《しょたい》を持った。

2

松寺日出男が殺された事件で河西のほかに被疑者《ひぎしゃ》とされたのは、飯田市内に住んでいた花沢大造だ。

彼は、南アルプスの聖岳《ひじりだけ》に近い上村《かみむら》(現飯田市)に生まれた。生家は斜度三十度の傾斜地で、小さな茶畑を持っていた。中学を卒《お》えると飯田市の土建業に住み込みで就職した。よく働くことから重宝《ちょうほう》がられ、給料のほかに社長がたびたび小遣いを与えていた。

二十六歳で結婚し、二年後に長男・安彦をもうけた。その一年後、花沢造成《ぞうせい》という土建業を創立した。彼は弁が立つし、細《こま》ごました仕事でも嫌がらずに請けることから業績が上がり、花沢造成は最初三人だった従業員数が三年後には十倍になっていた。

三十のとき、彼は市議会議員選挙に立候補した。彼を持ち上げて推《お》す人たちがいたからだ。彼は小型トラックで市内を駆けまわって支持を訴えたが、落選した。次に市長選挙にも立ったが、結果は同じだった。

四十九歳のとき、花沢造成は倒産した。社長の花沢が、新築した社屋の社長室におさまって、市民の苦情に耳をかたむけたり、少数派の市議会議員とたびたび会うようになって政治活動に入れ込んだ結果、業績が一気にかたむいたのだった。下請け業者への支払いが滞《とどこお》るようになり、銀行に借り入れを申し込んだが、断わられ、花沢造成は立ちゆかなくなった。

倒産処理がすむと花沢は、それまではライバル企業だった伊出土建《いでどけん》に一社員として勤務した。土木工事に精通していたので、すぐに現場監督を任された。が、体力的に仕事をつづけられないといって退職した。その間に妻も病気で亡くした。近所の人に名古屋市にいる息子のところへいくといって、住まいを引き払った。しかしその後も、ちょくちょく飯田へきていたことが、何人かに知られていた。

松寺日出男が殺された日、彼は勤務先の伊出土建を休んでいた。社員に電話で熱が高いので休むと告げていたことが確認されている。警察は医療機関で診察を受けたかを彼に尋《たず》ねたが、『どこへもいかなかった』と答えたという。

「花沢大造は、『風越』の売買に一役買っていたようでしたが」

茶屋はメモを取りながら北原にきいた。

「そういうことが、事件後に分かりました。もしかしたら松寺日出男が花沢に、『風越』を手放したいと相談を持ちかけたのかもしれません。花沢は河西とも知り合いだったのでそのことを話した。つまり斡旋人《あっせん》だったんじゃないでしょうか」

「斡旋人や仲介者は、いくばくかの謝礼を受け取るものではないでしょうか」

「そうでしょうね。私が首をかしげたのは、河西が現金を支払う日、斡旋人も仲介者も同席していなかったという点です。闇取り引きではないのに……」

「私はなんとなく花沢大造のアリバイが気になるんです。ほんとうに体調がすぐれず、起きられなかったのか、どこへも出掛けなかったのか」

「警察もその点を追及したはずです。もしかしたら、残金の受け渡し日を知っていた花沢大造は、松寺の自宅付近で、彼が帰ってくるのを待ちかまえていた……」

「現金を奪うためですね。……花沢大造以外にも松寺殺しの被疑者は、何人かいたということですが、濃厚な嫌疑《けんぎ》を掛けられた人は……」

「松寺に個人的な恨《うら》みを抱いていた人はいたようですが、殺して現金を奪うという犯罪を計画するとは思えないようでした。それと被疑者にされた人たちはみな当時のアリバイがしっかりしていたんです」

「アリバイが曖昧《あいまい》だったのは、花沢大造のみ」

茶屋がいうと、北原は強く顎《あご》を引いた。

茶屋は、短絡的なようだがこんなことを考えた。

花沢大造は、息子の安彦に飯田で大金が動く日を教えた。それをきいた安彦はどうしただろうか——


サヨコが電話をよこした。

「そっちのお天気はどう。なにか困ったことはない。いつ帰ってこられそうですか」

「いっぺんにいろいろいうな。退屈《たいくつ》で、死にそうなのか」

「そんなことはないけど。いまどこにいるんですか」

「信州飯田だ」

「名古屋へいったと思ったら、飯田へ。そこは、どんなところですか」

「きれいな街で、中心地にリンゴ並木がある」

「リンゴの農家があるんですね」

「一箱送ろうと思うが。どうだ」

「わたし、リンゴジュースが大好き。それからリンゴをスライスして、赤ワインに漬けるの。それにシナモンステックを添え……」

「用事は……」

「クリスマスが近づいたし、年末年始はどうすごすかを、そろそろ……」

茶屋は取材中だといって電話を切った。

北原はパソコンの画面をにらんでいる。過去の記事を読み直しているのではないか。

茶屋は、『風越』で食事をするが、どうか、と北原の都合をきいた。

「私もそれを考えていたんです」

北原はパソコンから目をはなすと、茶屋のほうを向いてにこりとしたが、思い出したことがあるといって、電話を掛けた。茶屋に背中を向けて話していたが、ふたたびパソコンを操作した。どうやら外出中の記者と会話していたようだ。

「あった」

北原は小さく叫んだ。茶屋のほうを振り向いて、花沢大造が住民登録をしたところが分かったといった。べつの記者が花沢大造の新しい住所をつかんだので打ち込んでいたのだった。

それは名古屋市瑞穂区本願寺町《ほんがんじちょう》。

茶屋はすぐにそこをノートに控えた。

料亭の『風越』は木造の二階建てで、玄関は庇《ひさし》が長く出ていて、それを二本のケヤキの丸柱が支えていた。上がり口付近は何度も改築の手を入れたらしく、ヒノキを使った造作《ぞうさく》が香りを放っている。和室が主《おも》だが、テーブル席の間もあるというのでテーブル席の部屋へ和服の女性に案内してもらった。天井を仰《あお》ぐとヒノキの赤い節《ふし》が並んでいた。節の大きさがちがっているところが面白《おもしろ》い。

ビールで乾杯していたところへ、女将の川崎広子が挨拶《あいさつ》にやってきた。

茶屋は色白で小太りの人を想像していたが、彼女は細身だった。身長は一六二、三センチだろうか、首が細い。薄紫の地に緑の縞《しま》の着物。その縞は竹の絵で、節があった。裾に近いところに百人一首らしいカルタが二枚描かれている。帯は渋茶で、緑の帯どめは動くたびに光を放った。

北原は彼女を五十三歳といっていたが、それはまちがいだろうと思うくらい若く見えた。

北原は、茶屋を紹介した。

「まあ、作家の先生ですか。わざわざありがとうございます」

頭を下げた彼女に北原はビールをすすめた。テーブルの隅には小ぶりのグラスが伏せてあった。女将のために用意されていたようである。

彼女は左手で持ったグラスを右手に持ちかえ、添え手をして、北原のビールを受けた。慣れた手つきである。一口飲むと白いハンカチをつまむようにして口紅の跡を拭《ぬぐ》った。

「茶屋先生は、取材で飯田へおいでになったんですか」

北原は目を細めた。

「では、天龍峡《てんりゅうきょう》をお書きになるんですか」

女将の広子は化粧した目を茶屋に向けた。

「天龍峡を書くかどうかは決めていませんが、今は何年か前に起きた、殺人事件の取材をしているんです」

茶屋はグラスに手を添えたままいった。

「まあ、事件を……」

彼女はまばたいた。グラスを持って立ち上がると、

「どうぞ、ごゆっくりなさってください」

と、語尾を消して部屋を出ていった。

茶屋と北原は顔を見合わせた。二人は、「あの事件を意識したにちがいない」と、目顔でいった。

小柄な若い女性が料理を運んできて、一品ごとにそれを拙《つたな》い口調で説明した。

穴子の芥子酢味噌《けしすみそ》がけと干しガキの茶碗蒸しがうまかった。

北原は酒が強く、日本酒を手酌《てじゃく》で飲《や》っていた。酒のうまさをほめると、風越山山麓《さんろく》には、江戸時代、宗偏流不蔵庵龍渓《そうへんりゅうふぞうあんりゅうけい》という茶の湯の宗匠《そうしょう》がさがしあてた「猿庫《さるくら》の泉」があって、これがうまい酒を生んでいるという。二人はここでは事件を話題にしなかった。北原がどこを取材してきたのかときいたので、茶屋は、いくぶんとのいすぎの感もある倉敷の美観地区について話した。北原は、かねてからいってみたいと思っている土地だといった。

一時間あまりで二人は席を立った。広子が小走りにやってきて、丁寧《ていねい》に腰を折った。

北原にタクシーで送ってもらいホテルに着くと、いったん東京へ帰るべきかを考えながら、内ポケットからノートを取り出した。

飯田にいた花沢大造が住民登録をしている場所が分かって、それを控えていたのだった。そこは名古屋市内だ。彼はまたどこかへ移動するかもしれないと思うと、すぐに駆けつけたくなった。

翌朝、飯田を十時に出る特急に乗ることにした。豊橋に着くのは二時間半後だ。

茶屋は雨の音をききながら、眠りについた。

飯田線は電灯を点《つ》けたり消したり、まるでまばたきを繰《く》り返しているようにトンネルをくぐっていた。

3

茶屋は、トンネルを出るたびに緑色の水をたたえているダムを見下ろしていたが、ふと昨夜の川崎広子の姿が頭に浮かんだ。北原がビールをすすめると、彼女はグラスを持った。テーブルのグラスを持つときの彼女は左手を伸ばし、右手に持ちかえた。もともと左利きなのではないか。そう思った次の瞬間、松寺日出男が殺害された場面を想像した。

松寺は自分の車の助手席で不自然な格好をしていた。外から彼を見た人は不自然な格好のまま動かないことに気付いて、悲鳴《ひめい》を上げただろう。松寺が自宅の前へ着いたとき、知り合いのだれかが助手席側の窓をのぞいたのではないか。それで彼は、助手席へその人を招き入れようとした。招かれたのは親しい人だったにちがいない。

松寺は腹を二度刺されていたという。刺したのは彼に招かれた人ではないか。

助手席へ腕を伸ばしてドアを開けた松寺の腹を刺すという動作は、左手でしかできない。犯人は左利きなのだ。

茶屋は、豊橋へ向かう車内から北原記者に電話した。

北原はすぐに応じた。

「松寺を刺し殺した犯人は、左利きではないでしょうか」

茶屋がいった。

「確かに警察は、左利きとみています」

「『風越』の女将は、左利きでは……」

「左利きですが、よくお分かりになりましたね」

「ちょっとした動作にそれが」

「茶屋さんは、松寺殺しの犯人は女将ではないかと、お気付きになったんですね」

「はい」

「ですが松寺が刺されたとき、川崎広子は『風越』にいました」

犯人ではないということだ。

茶屋は自分の思いつきを、北原に笑われたような気がした。

警察が左利きの犯行に気づかないはずはなく、松寺に恨みを抱《いだ》いていそうな者の行動を調べたにちがいない。茶屋がこれから訪ねようとしている花沢大造は、左利きではないのか。

名古屋に着いた。瑞穂区本願寺町というところへタクシーでいった。花沢大造の住所は本願寺ではないが石の門のある寺のすぐ近くだった。木造二階建てのかなり年数を経ていそうなアパートの一階。前に住んでいた人が出していたらしい表札の跡が白く残っていた。

インターホンが付いていないのでドアをノックした。嗄《しやが》れた声がきこえた。大造は部屋にいるようだ。

三、四分経ってもドアが開かず、またノックした。さっきと同じような声がした。なにかいっているらしく、ドアに耳をつけた。鍵は掛けていないからドアは開くといっていた。

ドアをそっと開けた。板の間の奥の窓辺に髪の短い男がすわっているのが見えた。

「花沢大造さんですか」

茶屋はおじぎをしてからいった。

「ああ」

男は答えた。窓から差し込んでいる明かりの逆光の加減で、男の顔立ちははっきりしない。

「私は茶屋次郎という者です。あなたにお話をうかがいたいのですが」

「どんな話。そこじゃ話がきこえないから、こっちへきてください」

茶屋は靴を脱いで男に近づいた。男は薄い座布団《ざぶとん》にあぐらをかいている。

茶屋は正座して、あらためて名乗り、名刺を渡した。男は右手で名刺を受け取った。

「私は、花沢大造です」

彼は根《は》が生えたように動かなかった。丸首のセーターの上に綿《わた》入りのチャンチャンコを重ねている。短い髪は薄い。眉は針を植えたように毛が光っている。鼻は高く、先端がとがっていて、顎は四角張っていた。

茶屋は中野伸之助が描いた似顔絵を思い出した。その絵を今出して見るわけにはいかないが、似ているような気がした。

「私はけさ、飯田を発《た》ってきました」

「飯田に住んでいるんですね」

彼は茶屋の名刺を見ていないのだ。もしかしたらメガネを掛けないと細かい字は読めないのではないか。

「いいえ。住んでいるのは東京ですが、調べたいことがあって、岡山県の倉敷市へいきました。倉敷である事件と花沢さんのお名前と、そしてそこでもある事件の話をききました」

「ある事件とは……」

彼はまったく表情を変えなかった。

「あなたには、安彦さんという息子さんがいらっしゃる。安彦さんには四季名さんという娘さん、あなたにとってお孫さんがいたが、十年前に不幸な目に遭《あ》われた。その犯人は分かっていない」

「そのこととあなたは関係があるんですか」

「あります」

「事件の話をきいて、東京からやってきたというが、あなたはなにをしている人ですか」

「私はもの書きです。あちらこちらへ旅をして、紀行記などを書いていますが、今回は友人が災難に遭いました」

「災難とは……」

「車に乗った男に銚子で連れ去られて、あちこちへ連れまわされて、倉敷で解放された。その前には八歳の女の子が連れ去られ、殺されて、倉敷の川岸へ棄《す》てられました。その女の子の住所の近くで轢《ひ》き逃げ殺人事件も起きています」

「それはそれは災難つづきですな。あなたも事件に遭ったんですか」

「私はさいわい事件にだけは巻き込まれていません」

「それでは、東京からわざわざ、なにをしにおいでになったんですか」

「倉敷に住んでいた、いや、いまも住んでいらっしゃるかもしれない安彦さんに、会いたいのです。住所をご存じと思いますので」

「知りません」

大造はぴしゃりといった。

「息子さんの住所です。知らないはずはないと思いますが」

「知らない」

彼は急に不機嫌《ふきげん》になった。腕を伸ばすと赤い電気ストーブをＯＮにした。

「安彦さんは、自動車を扱う仕事をしていたことがありますか」

「さあ、知りません。車がどうしたんです」

「赤の他人の車に乗っていたことがわかりましたので」

「他人の車に……。それはどういうことですか」

「盗んだ車に乗っていたんです」

「安彦は、そんなことをする人間じゃない。人ちがいだ。あなたはいったい、なにをいいたくてここへきたんです」

大造はぎょろりとした目を向けた。怒りがこもっているが、怯《おび》えを孕《はら》んでいるようにも見えた。「帰れ」とはいわないが、早く立ち去ってほしいようである。

彼は、事業主だった時期もあるし、市議会議員や市長選挙に立候補したこともある男だ。胆《きも》がすわっているようだが、守りにまわると弱い性《たち》なのかもしれない。肉親に恵まれていないようでもある。

茶屋は、車窃盗犯の和栗文男の家族を思い浮かべた。彼の妻と娘たちは、なにをやっても成功しない和栗に加勢する気になり、一緒に仕事をやっていた。「お父さんが好きだった」にちがいない。

和栗文男に比べて花沢大造は孤独だ。一時は、少しばかり弁の立つ彼をかついだり、押し出したりしていた人たちも、ちりぢりに遠ざかっていったようだ。そのきっかけは、松寺事件なのではないか。事件当時の彼のアリバイは不明瞭《ふめいりよう》だったにちがいない。したがって警察は何度かは彼を呼んで事情をきいたようだ。彼は、『風越』の売買に一役買っていた。だから大金の動く日を知っていた。松寺事件にかかわっているという証拠はないが、なんとなく灰色なのだ。

こういう人に善良な庶民は近づかない。冷たい目で眺めているし、難を被《こうむ》りたくないからだ。

「あなたは、安彦の居所を知りたくてここへきたんじゃないだろ」

大造は首をまわすと、また茶屋をにらんだ。その目には敵意がこもっていた。

彼は、本当は安彦の住所を知っているのだろう。九月ごろ安彦の妻はいなくなったというが、その事情も知っているのではないか。

大造は、床に置いていた茶屋の名刺を拾うと、ビリッと裂いた。「帰れ」という合図にちがいなかった。茶屋はこれまで二百枚、いや三百枚、名刺を人に渡してきたが、目の前で破られたのは初めてである。失礼ではないか、といいかけたが、目の前の花沢大造とは、非礼なことを平然とやる男なのだろうと思い直して、茶屋は立ち上がり、あらためて白髪頭を見下ろした。

4

花沢大造の住んでいるアパートを忌々《いまいま》しげに振り返ったところへ、牧村が電話をよこして、いまどこにいるのかときかれた。

「名古屋市瑞穂区というところだ」

なぜ名古屋にいるのかときくので、花沢大造という男の経歴をざっと話し、長野県飯田市で発生した殺人事件の被疑者の一人として、捜査当局からにらまれた男だと話した。

「飯田市の殺人事件は、いつのことですか」

牧村は珍しく茶屋の話に頭を突っ込んできた。

「十一年前の十一月。その翌年の四月に、名古屋に住んでいた大造の孫が、何者かに攫われて、数日後、木曽川で水死体で発見された」

「ほう。飯田の事件と少女誘拐殺人事件は、関係がありそうなんですか」

「たったいま会ってきたのが殺された少女の祖父で、その男はひと癖《くせ》ありそうだった。……ゆうべ私は、地元新聞社の記者と一緒に、『風越』という料亭で食事をした」

「料亭とは贅沢《ぜいたく》な」

「なぜその料亭へいったかというと、女将を見たかったからだ」

「いくつの女ですか」

「五十三だというが、信じられないくらい若く見えるんだ」

「女将を見る目的はなんでしたか」

「その料亭は、松寺という男から河西という男に売り渡された。価格は七千万円で、手付けが払われていて、残金の六千万円が『風越』で支払われた。その取り引きについては仲介者がいたらしいが、残金の受け渡しがあった日に仲介者は同席していなかった」

「売買の当事者だけが会った。それはべつに珍しいことではないと思いますが……」

「松寺は河西から受け取った現金を持って、車で自宅へ帰った。正確には自宅の前へ着いた。だが松寺はそこで、何者かに腹を刺されて死亡したんだ」

「現金も奪われたんですね」

「そうなんだが……」

茶屋は、松寺の車の助手席に乗り込むことのできた者がいる、それが犯人にちがいない、その人間は左利きだったような気がする、といった。

牧村は眠ってしまったかのように、数十秒間なにもいわなかった。車の助手席を想像しているらしかった。

「本来右利きだが、左手でも動作ができるという人はいますよ」

「そういう人はいるだろうね」

「警察も、犯人は左利きではないかとみたでしょうね」

「それは、当然……」

「私の親戚に、三代つづいて左利きという家があります。左利きも遺伝するんですね」

牧村はなにをいいたかったのか、茶屋に暗示を与えるようなことをいって電話を切った。

茶屋は牧村のいったことを考えながら、タクシーが通るのを待った。タクシーに乗ったとたん牧村が口にした「遺伝」という言葉が頭のなかでふくらんだ。

名古屋駅に着くまでの間に、飯田へ引き返すことを決めた。

豊橋へもどった。都合のよい特急や急行列車はなかったので、各駅停車の列車に乗った。豊橋で買った弁当を途中で食べ、山あいの風景に飽きると目を閉じた。

豊橋、飯田間は約百三十キロ。途中、新城《しんしろ》、本長篠《ほんながしの》、中部天竜《ちゆうぶてんりゆう》など、きいたことのある名の駅にとまって、四時間あまりを要して飯田に到着した。

駅前から、南信日報社の看板を見ながら電話した。電話に応じたのが北原記者だった。

茶屋が、名古屋へいったが思いついたことがあって、もどってきたのだというと、

「茶屋さんは、フットワークがすばらしいですね」

といわれ、なにを思いついたのかときかれた。

北原とは今夜も一緒に食事をすることにした。昨夜とはちがって今夜は、飯田では気が利いているほうだという居酒屋だ。いくつかのテーブルが格子の衝立《ついたて》で仕切られていた。すでに酔っているらしい客の話し声をききながら、奥の席で向かい合った。

「松寺事件に関してでしょうが、警察は川崎広子の係累《けいるい》についても、捜査の手を伸ばしているでしょうね」

「『風越』の女将の係累ですね。それは調べています」

「左利きの人はいませんか」

「彼女に近い人にはいなかったようです」

北原は盃をつかんだまま考え顔をした。茶屋が広子の係累といったので、その人たちを思い出しているようだ。

「広子が生まれたころの家は、貧しさからか、壊れかかった物置き小屋のような家だったそうです。彼女が一人前の芸者になったころ、家を建て直して、山羊《やぎ》や豚を飼うようになったし、畑も広くなったんです。芸者の彼女は毎晩、客に招《よ》ばれ、袂《たもと》に入りきらないほどのチップをもらっていたそうです」

彼女の父親は一人では手がまわらなくなって、人を雇って、果樹園造りをはじめた。

彼女は、紙問屋の松寺日出男に惚《ほ》れられ、身請けされて、『風越』の女将になった。彼女には三つ下の木久子《きくこ》と六歳ちがいの可根子《かねこ》がいた。二人とも高校を卒《お》えると『風越』に勤めた。

三人の母親は六十歳で認知症を発症し、畑仕事をするといって外へ出たきり、帰宅できなくなった。それが幾度も重なったことから老人ホームへ入所した。ところが症状はますます悪化して、呪文《じゅもん》のような意味不明の言葉を唱《とな》え、箸《はし》でも棒でも手にすると、人を叩《たた》いたり突いたりした。

「母親は人を見ると、気味の悪いことをいっていたそうです」

北原は顔をしかめた。

「気味が悪い……なんていったんでしょうか」

「ききまちがいでなければ、『キザマレル』という言葉を繰り返していたということです」

北原の話は過去形だったので、亡くなったのかときいた。

「六十五歳でした。ホームの庭で倒れた拍子《ひょうし》に頭を強く打ったそうです。病院へ運ばれたが、その途中で亡くなったということです」

「父親は……」

「八十近いと思いますが、健在《けんざい》のようです。畑を次つぎ買って、現在は人を使ってリンゴとモモをつくっています。……最近きいたことですが、酒を飲んで暴れる癖があるそうです」

「暴れる……」

「なにか不満でもあるんじゃないでしょうか、一緒に飲み食いしている人に、物を投げつけたりするらしい」

「歳を取ると円満になる人もいるが、なかには人と折り合わなくなる人がいるそうです。物を投げつけるのは困りものですね。……広子さんの妹たちは円満ですか」

広子のすぐ下が神田木久子《かんだ》で飯田市内に住んでいる。夫は市役所の職員で、二人のあいだには男の子が二人いる。一人は東京の大学を卒業して郷里へもどり、地元の精密機器製造会社に勤務している。もう一人は大学在学中で名古屋にいるという。

その下の妹浅利《あさり》可根子もまた飯田市在住。夫は自動車整備工場を自宅の隣接地で経営している。夫婦には千津《ちづ》という一人娘がいる。彼女は東京の知人の家から通った高校を卒業して飯田へもどってきて、『風越』に勤めはじめた。勤めはじめたころは住み込みだったが、最近は自宅から通っているという。

千津は小学生のとき、飯田へ映画の撮影にきていたスタッフの目にとまった。顔立ちが気に入られて、そのスタッフが撮る次の映画に出演してもらえないかと申し込まれた。

それをきいて舞い上がったのは母親の可根子だった。彼女は、ぜひとも千津を使ってくださいと返事した。

映画の撮影前から千津は東京へ呼ばれ、撮影準備に入った。勿論《もちろん》、可根子が一緒だった。

撮影には一か月あまりを要した。その間、母子はずっと一緒だった。千津は学校を休んでいた。

何か月か後に千津が出演した映画は上映された。彼女の可愛《かわい》さと演技は各地で話題になった。が、彼女は女優になったわけではなかった。

可根子は千津をある劇団に入れようとした。劇団員になるには最低二年の養成期間が必要だった。可根子は千津を女優にするためにその条件を呑《の》み、東京にマンションの一室を借りて、二人で住んだ。千津は東京の中学に通い、劇団の養成所にも通った。

しかし、千津をテレビドラマや映画に使いたいという要請は、どこからも入ってこなかった。

可根子は千津を東京の知人にあずけることにして、飯田へもどった。夫の浅利には両親がいて、可根子の千津を女優にしたいという希望には賛成していなかったようだ。

千津は東京の知人の家から通い、高校を卒業した。その間も劇団に通って、芝居の稽古《けいこ》にはげんでいたが、テレビのコマーシャル出演の依頼も、ドラマ出演の打診もなかった。

彼女をあずかっていた東京の知人からは、『千津を引き取れ。もう面倒は見てやれない』という電話が何度もくるようになった。千津は週末になると渋谷のクラブへ通うようになった。クラブで踊り明かす友だちができたのだった。知人は素行について口やかましく忠告したようだったが、彼女は耳を貸さなかった。

千津は、知人の家から追い出される格好で飯田へもどり、しばらく経って『風越』の従業員になった。

「広子の係累のうちで、私が疑わしいとにらんだことがあるのが、この千津なんです」

北原がいった。

「松寺事件が発生したとき、千津は十一歳か十二歳です。そういう少女が……」

茶屋は首をかしげた。

「やれないことはなかったと思いますが……」

「やったのだとしたら、広子か、母親の可根子の指示でしょうね」

「千津は、左利きですか」

「いいえ」

北原は、千津の犯行という見方は無理だろうと、自分でいい出したことを取り下げた。

「広子の妹に、左利きの人がいますか」

茶屋は念を押すようにきいた。

北原は首をかしげ、

「三人が三味線《しゃみせん》を弾《ひ》いているのを見たことがあります」

といって三味線を弾く格好をした。

広子は芸者だったころに三味線を習わされた。妹の木久子と可根子は、『風越』に勤めていたころに広子から三味線を教えられたらしいという。

「三味線を弾く……」

茶屋は盃を置いてつぶやいた。三味線を弾く人を何度も見てきたが、左手で撥《ばち》を使う人はいなかったような気がする。テレビでも三味線を弾く人を観るが、やはり撥は右手である。

「広子の妹の二人、あるいは一人が左利きではないでしょうか」

「そうでしょうか」

「私は、松寺殺しの犯人は広子の身内ではないかとにらんでいるんです。犯行時、広子は『風越』にいたことが従業員の証言で確かめられているでしょうが、妹二人についてはアリバイ証言をする人がいなかったと思います。松寺は木久子も可根子も知っていた。二人のどちらかに車の助手席側からノックされたので、ドアを解錠したのではないでしょうか」

「茶屋さんは、木久子か可根子のどちらかが左利きではと。……いや、二人とも左利きということも考えられますね」

警察も、松寺を刺し殺した犯人は左利きとみて、木久子と可根子の利き手についても調べたはずだ。だが二人とも右利きということになったのではないか。

茶屋は北原と話し合って、神田木久子と浅利可根子の利き手はどちらかを、聞き込みで調べることを決めた。十一年前、木久子は三十九歳。可根子は三十六歳だった。

5

北原記者は飯田市内の神田家と浅利家の近隣で、木久子と可根子の利き手はどちらかを聞き込みしていた。

茶屋は旧上郷町の黒田《くろだ》という地区で川崎家の娘たちの少女時代を知る人たちを訪ねた。

「子どものころは、どんな女の子たちでしたか」

ときいた。いまごろなぜそんなことを知りたいのかとき返された。そのたびに茶屋は、「子どものころの三姉妹がどんな様子だったかが、ある事件に関係がありそうなんです」と答えた。事件という言葉は効果があって、思い出を語ってくれる人がいた。

「雪が降ると、壁の隙間《すきま》から家のなかへ雪が舞い込むような、トタン屋根の小さい家だった」

昔の川崎家を憶えている人はそういった。夫婦で斜面のせまい畑を耕《たがや》し、自給自足の暮らしをしていたという。

あるとき、川崎家から一キロばかりはなれた畑から収穫まぢかのさつま芋畑が荒らされた。夜間に畑を掘って盗んだ者がいたのである。またあるときは、麦畑から実った穂が摘《つ》み取られる事件があった。そういった類《たぐい》の事件が起きるたびに、『盗んだのは川崎じゃないか』という噂が立った。

茶屋が知りたかったのは、家族に左利きの人はいたかということだった。

「お父さんが左利きだったので、鎌《かま》は左利き用しかなかった。その鎌を右利きの人が使うと危ないので、お父さんは右利きの娘には鎌を持たせなかったのを憶えている」

と、昔、隣に住んでいたという人がいった。

「左利きの娘はだれですか」

茶屋は話してくれた人に一歩近寄った。

「右利きはたしか木久子さんだった」

長女の広子と三女の可根子は左利きらしくて、父親の鎌を使っているのを見たことがあるという。

北原も情報を仕入れてきた。

「小学校で可根子と同級生だった人に会いました。可根子は左利きだったが、習字のときは右手で筆を持つようにと、先生に何度も注意されていたのを憶えているといっていました」

警察は、左利きの広子と可根子に注目しなかったのか。

「多少なり二人には疑いをかけたと思いますが、事件当時、広子は『風越』にいたことが、従業員に知られていました。可根子については木久子が、一緒にいたと証言したことから、二人のアリバイは確実ということになったようです」

「身内の証言ですね」

茶屋は唇を噛んだ。

可根子に直接会ってみないか、と茶屋はいった。

「松寺事件に関係しているのではと、直接きくんですか」

「ええ。遠まわしに。どんな反応を見せるかを観察したいんです」

「ききかたによっては、憤慨《ふんがい》するでしょうね」

北原は躊躇《ちゅうちょ》するような顔をしたが、茶屋に同行するといった。

浅利家は、自動車整備工場の隣だった。工場には車が二台入っていて、つなぎの作業服を着た若い男が二人、床にあぐらをかいて仕事をしていた。

浅利家の玄関の柱には太字の表札が貼りついていた。

茶屋がインターホンを押した。少し間をおいて嗄《しゃが》れ声が応じた。可根子の義母らしい。

可根子さんに会いたいというと、買い物に出掛けたが間もなくもどると思うといった。

茶屋と北原は浅利家の前で待つことにした。
十二、三分経つと、白い布袋を提《さ》げた女性が、裏口への細い路地を入りかけた。赤と緑の縞《しま》のセーターを着ていてわりに上背《うわぜい》のある女性だった。
「浅利可根子さんですね」

茶屋が声を掛けると、彼女は肩をぴくりと動かして振り向いた。

茶屋は同じことをきいた。

彼女は、茶屋と北原にきつい目を向けてから返事をした。

「あなたに少々うかがいたいことがあって、お待ちしていました」

「なんでしょうか」

肌の手入れを怠《おこた》らないからか白い顔には艶《つや》がある。何人かからきいていたが、切れ長の目をした器量よしだ。ある人は、三人姉妹では可根子がいちばんの美人、といっていた。

茶屋は一歩彼女に近寄ると、名刺を差し出してから、

「いろんな事件が続いて起きていますが、飯田の事件が事のはじまりのような気がするものですから」

「茶屋次郎さんて、なにかで名前を見たか、人からきいたことがあるような気がします」

「そうですか。少しは世間に名が知られているようです」

茶屋はあらためて頭を下げた。

「事件とおっしゃいましたが、あなたは事件を調べておいでなんですか」

「そうです。未解決事件を調べているんです」

「わたしは、事件なんかに関係はありませんが、どんなご用で……」

彼女は眉間《みけん》に皺《しわ》を彫った。

「どなたにもおうかがいしていることですが、あなたの利き手はどちらでしょうか」

思いがけないことをきかれたからか、彼女は戸惑《とまど》った表情をして、布袋を提げている左手を見下ろした。

「そんな、いきなりきて、利き手はなんて、失礼じゃありませんか」

「失礼は承知の上です」

茶屋の視線は、彼女の顔と手を往復した。

彼女は、右の手の平を胸の位置に持ち上げると、

「右です。右利きです」

と、目尻に変化をみせて答えると、茶屋の後ろに立っている北原をにらみつけた。

北原は、新聞の読者が減るのを恐れてか、気圧《けお》されてかなにもいわずに身を縮《ちぢ》めてい

た。

可根子は気の強いところを見せて路地を入り、音をたてて裏口の戸を閉めた。

茶屋と可根子のやり取りを冷や冷や顔で観察していた北原だったが、感じるものがあったらしく、飯田警察署へいくといって先に立った。

茶屋は東京へ帰ることにして、岡谷《おかや》行きの普通列車に乗った。岡谷からは新宿行きの特急に乗ることができ、二時間あまりで新宿に着いた。西口の思い出横丁の食堂へ飛び込んで、ビールを一口飲んだところへ、北原が電話をよこした。

「新宿へお着きになったころと思いましたので」

彼の声は弾《はず》んでいるようにきこえた。

茶屋は正直に、これから食事をするところだといった。

「きょう、浅利可根子に会ったことを、飯田署の刑事課長に話しました」

そこで北原は咳払いをした。「茶屋さんが可根子に、利き手のことを尋ねたのを話したんです」

「彼女は右利きだと答えましたね」

「警察は、彼女が左利きだったのを知っていましたので、茶屋さんの質問に右利きだと答えたことを、重要視しました。彼女は偽《いつわ》りを答えている。左利きなのを隠したんです。課長はそのことに強い関心を抱いたようでした」

飯田署の捜査本部は、あらためて動きはじめるのではないか、と北原はいった。そうだとしたら、茶屋と北原が直接可根子に会いにいったことは効果があったのだ。今後飯田署はどう動くかが見ものだと、北原は笑《え》みを浮かべているようないいかたをした。

次の朝、茶屋は九時に渋谷の事務所に着いた。何日かぶりに事務所に入ったので閉めきった部屋特有の空気を深く吸い込んだ。まわりを見まわすと、書棚の本がきちんとそろえられ、茶屋のデスクの上には固定電話がぽつんと据《す》わっているだけだった。

サヨコとハルマキは、何日も帰ってこない茶屋に見切りをつけて、辞《や》めてしまったのではないか。

「無断で辞めるとは、なんと無作法《ぶさほう》な」

彼はつぶやき、原稿用紙を取り出してペンをにぎった。倉敷へいったことといい、名古屋で人を訪ねたことといい、書くことが山ほどあった。

と、ドアが音もなく開いた。

「あらっ」

サヨコの声だ。

「どうしたの……」

ハルマキの声だ。

二人はそろって茶屋のデスクの前へ並んだ。

「黙って帰ってこないで」

サヨコだ。

「ゆうべ帰りが遅かったんだ」

「昼間のうちに、きょうは帰るって、電話をくれるのが、普通じゃないの」

「そうよ」

ハルマキだ。

「きのうの昼間は、帰れるかどうかが分からなかったんだ。……なんだか、私は、帰ってこないほうがいいみたいじゃないか」

「そうはいってない。先生がここにいるのといないのとでは、わたしたちの気持ちが……」

サヨコは無表情だ。

「気持ちって、心構えのことか」

「そう」

「私がいなければ、二人はソファで、でれっとしていられるのに、というわけか」

「でれっとだって。わたしたちはいつだって……」

サヨコが口をとがらせていいかけたところへ卓上の電話が鳴った。

「いましたね。そろそろ新宿が恋しくなって、帰ってこられたのでは」

牧村だ。

「そのとおりだ」

茶屋は面倒だったのでそういった。

「じゃ飲《や》りましょう。夕方、もう一度電話します」

牧村は、茶屋に原稿をしっかり書くようにといって、電話を切った。

「先生、お昼はなににしましょうか」

ハルマキはまるで、三人分の昼食をつくるために出勤しているようだ。

「なんでもいい」

「それ、いけないんですよ。一食一食、なにを食べるかを計画して、食べて、批評して、そうして次の食事を考える。人は砂漠に生きてる動物じゃないのだから、三度三度食べることを考える。これが人を進化させたのだし、いちばん脳の活性化に役立つそうです」

「ゆうべのテレビで、やってたのか」

茶屋は笑いながらいったが、ハルマキはキッチンを向いて返事をしなかった。

原稿を五枚書いたところへ、くらしき日日新聞の津高デスクが電話をよこした。

「茶屋さんは、信州の飯田へいきましたね」

「きのうまで飯田にいましたが、なにか……」

「けさ、長野県警本部員と飯田署員が、倉敷署へきて、協議をしているということです。もしかしたら茶屋さんの調査と、関係があるのではと思ったものですから」

南信日報の北原はゆうべ、浅利可根子の利き手のことを電話でいっていた。そのことに飯田署の刑事課長は強い関心を抱いたらしいということだった。

七章　暮れにきく鐘《かね》の音

1

茶屋が飯田から帰った翌々日、南信日報の北原記者が朗報《ろうほう》をよこした。

飯田署が浅利可根子をあらためて追及した結果、けさになって、松寺日出男殺害事件についてて自白をはじめたのだという。このことから膠着《こうちゃく》状態がつづいていた捜査が急展開した、と北原は早口で喋った。

自白内容は大概《たいがい》こうである。

――十一年前の十一月十日、料亭『風越』の女将《おかみ》の川崎広子は、同日午後、松寺日出男と河西万作が『風越』で会うことを何日か前に予約でつかんでいた。

松寺は『風越』を河西に売り渡す。その最後の決済《けっさい》の日が同日だった。

松寺と河西が車で到着すると、広子は出迎えて部屋へ案内した。そして部屋を出ると可根子に連絡した。姉妹には松寺を襲う計画の話し合いができていた。

河西は現金を松寺に渡した。松寺は以後も『風越』を会合の場として利用するが、広子とは男女の関係を解消するという条件も、その現金には含まれていた。

松寺と河西の話し合いは一時間ばかりでお茶を飲んで終わった。松寺は河西を『風越』に残して車に乗った。車を運転していく松寺を、広子は玄関の前で見送った。

可根子は、松寺の自宅近くで彼の到着を待ちかまえていた。めったにかぶることのない野球帽をかぶり、薄茶のコートを着てリュックを背負っていた。

松寺の車は右から走ってきて自宅前でとまった。その彼を可根子は、車の助手席側の窓からのぞくようにした。顔を見知っている松寺は助手席へからだをずらして、ドアを解《かい》錠《じょう》した。彼女はドアを開け上半身を入れた。そのときの彼女は左手にナイフをにぎっていて、運転席にもどりかけた松寺の腹へ、ナイフを打ち込み、引き抜いてもう一度刺した。彼は唸《うな》って運転席側のドアのほうへ倒れた。後部座席には風呂敷に包まれた四角い物が置かれていた。それは現金にちがいなかった。彼女は風呂敷包みをリュックに収めた。

周囲を見まわしたが人影はなかった。百メートルほどはなれたところにとめておいた車に乗り、『風越』とは反対の南のほうへ走った。鼎橋《かなえばし》を渡って十四、五分走ったところに空き家があった。農家だったが後を継ぐ人がおらず廃屋になっていた。その家の裏に野菜の貯蔵庫の室《むろ》があるのを可根子は以前から知っていた。彼女は風呂敷に包まれた現金を室のなかで拝《おが》み、茣蓙《ござ》で隠した。

可根子はほぼ一週間、毎日警察へ呼ばれて事情聴取を受けた。広子も神田木久子も署に呼ばれたし、刑事の訪問を受けてもいた。しかし三人は、松寺事件には一切かかわっていないといい通した。

木久子は事件にかかわっていないと最後まで主張した。広子は彼女に、松寺が多額の現金を受け取って帰宅することまでは話していなかったのである。したがって、なぜ疑われるのかと、取調官に嚙《か》みついた日もあった。

飯田署は、可根子が奪った六千万円を、三姉妹で山分けする計画だったのだろうとみていたのだった。しかし可根子は、奪った金を三か月後にそっと室から出して、自宅へ持ち帰った。だが警察が家宅捜索をするかもしれないと思い、いったん上郷黒田の実家の室に隠し、さらに実家の裏のリンゴ畑を掘って穴に埋めた。その後は、高価な物を買ったり、自宅の補修にもお金をかけたりはしなかった。

金を隠していることを千津が知ったら、彼女は働かなくなって、東京へもどるとでもいい出しかねないので、知られないように気を配った。

彼女の夫の浅利は、彼女が隠し事をしているらしいとにらみ、詰問《きつもん》したこともあった。しかし彼女は、松寺を刺し殺したことも、現金を奪ったことも喋らなかった。

それを聞いた茶屋は、一つの考えが頭に浮かんだ。

松寺が殺された翌年の四月、花沢安彦の一人娘の四季名は下校中、何者かに連れ去られ、やがて木曽川で水死体で発見された。だが犯人は挙がらなかった。

大造は、広子が人を使って松寺を殺させ、同時に大金を盗ませたものとみて強請《ゆす》ろうとしたが、彼女に追い返された。それをきっかけに、広子、木久子、可根子の三人が組んでの犯行とにらんで、そのことを息子の安彦に話した。安彦は大造の話に熱心に耳をかたむけた。安彦は話をきいただけでなく、三姉妹の暮らし向きをそっと調べたのかもしれない。

その結果、可根子が松寺殺しの実行犯ではないかとにらんだ。

安彦は、可根子に直接会って、『強奪した現金は自宅に隠してあるのか』と迫ったのではないか。

可根子は、『妄想《もうそう》だ』といってはねつけた。『脅迫するのなら警察を呼ぶ』とにらみも利《き》かせた。安彦は、『いずれ痛い目に遭《あ》うぞ』と捨て科白《ぜりふ》を吐いて帰った。

それから何日も経《た》たないうちに四季名が被害に遭った――

大造も安彦も、四季名を攫《さら》って殺したのは飯田の三姉妹ではと疑ったが、何の確証もなく、警察に訴えると藪蛇《やぶへび》になりかねないということから、目を瞑《つぶ》ったのではないかと茶屋は想像した。

茶屋はこの想像を北原記者にあらためて電話で伝えた。

北原は、茶屋の話を飯田署の刑事課長に話すといった。

しばらくすると、瑞穂署から刑事が飯田へやってくることになった、と北原が電話をよこした。四季名の事件について、両署は協議することになったのだろう。

翌々日だ。あちらこちらからジングルベルの曲がきこえていた。北原から、「可根子が、花沢四季名殺しを吐きました」と電話があった。

――十年前の四月である。可根子は自分の車のなかで四季名が下校してくるのを待ちかまえていた。その前日の朝、自宅から出ていく四季名の顔を確認していた。学校を四、五人の児童と一緒に出てきたが、途中で四季名は独《ひと》りになった。可根子は四季名に道をきくふりをして車の助手席に押し込んだ。騒いだので頭や頰《ほお》を叩《たた》いて黙らせた。四季名は泣いていた。恐怖を感じていたらしく、急に大声を出したりした。親を恋しがって泣きじゃくるのでなく、可根子に悪態《あくたい》をつき気の強いところを見せた。彼女は東に向かって走り、木曽川沿いに出たところで四季名を降ろした。彼女は泣きもせず、ものもいわずに堤防から川を見下ろしていた。可根子は逡巡《しゅんじゅん》の足踏みと躊躇《ちゅうちょ》を繰り返していたが、目を瞑って四季名の小さい背中を突いた。少女は空気を裂くような悲鳴《ひめい》を残して見えなくなった——

「可根子にも娘がいるのに、鬼のような女です」

北原は、憎々《にくにく》しげないいかたをした。

「松寺を殺して奪った現金は、どうしたんですか」

茶屋がきいた。

「実家のリンゴ畑のなかの土中に埋めたままでした」

「警察は、その金を掘り出したでしょうね」

「そうです。手つかずでした」

金を奪ったものの使いみちがなかった。松寺殺しに自分たちがからんでいそうだと警察がにらんでいるのを可根子は知っていたので、奪った金には手をつけられなかったのだろう。自分の姉を囲い、河西へ『風越』を売り渡した松寺へ、積年の恨みがあったのかもしれない。

2

北原記者の話をきいた茶屋は事務所で原稿を書いていられなくなった。いつでも飛び出せるように必需品を詰めてある旅行鞄《かばん》を持ち上げた。

「あらっ。急にまたどこへ……」

サヨコとハルマキが丸い目をした。

「名古屋へいく」

「名古屋だけじゃダメ。どこへ、なにしに、だれに会いにいくのかをいわなくちゃ」

サヨコは茶屋の前へ立ちはだかった。

「大造だ、大造」

「大造って、だれ……」

「花沢大造だ。彼は四季名事件の犯人を警察から知らされたことが考えられる……」

サヨコとハルマキは、茶屋の顔をじっと見ていたが、彼は二人を掻き分けるようにして事務所を飛び出した。ジングルベルの曲が彼を追いかけるように鳴っていた。

品川で東海道新幹線の「のぞみ」に飛び乗った。新横浜の次が名古屋で、約一時間半である。

瑞穂区本願寺町のかなり年数を経《へ》ていそうなアパートに着いた。そのアパートの裏側は寺の墓地だ。茶屋は墓地のなかから一階の花沢大造の部屋の窓をにらんだ。張り込んで十五、六分経つと、白っぽいカーテンが揺れるのが見えた。大造がいるようだ。

さらに十五、六分経つと、半分開いていたカーテンが閉まった。

茶屋は玄関が見えるところへ移った。

グレーのコートを着た大造が出てきた。黒革のバッグを提《さ》げていた。バッグは重いのか床に置いて、ドアに鍵《かぎ》を掛けた。

彼の足は達者《たっしゃ》らしく、七十五歳とは思えないほど歩きが速い。バスが彼を追い越したが見向きもしないようだった。一キロ半ぐらい歩いたろうか、神宮前《じんぐうまえ》駅に着いた。身動きを見ていると電車に乗ることにも慣れているようだった。

名古屋で新幹線に乗った。約一時間半で岡山に着いた。山陽本線に乗り継いで倉敷で降りた。まるで通勤の乗り物を利用しているようにスムーズであった。大造は乗り物慣れ、旅行慣れしているらしかった。

倉敷駅の改札を出ると黒いケータイを取り出してボタンを押した。短い通話を終えると、待合室の椅子《いす》に腰掛けた。口に飴玉《あめだま》でも放り込んだのか頬をふくらましていた。

十分ばかりすると電話が掛かってきたらしく、黒いケータイを耳にあてて立ち上がり外へ出ていった。

タクシー乗り場の前方に立っていた女性が手を挙げた。大造はその女性の合図に応えて手を挙げると、早足になった。彼は女性の車に乗るにちがいなかった。

茶屋はタクシーに乗り、大造を乗せた女性の車を尾けてもらうことにした。

女性の車はグレーの普通乗用車だ。大造はその車の助手席に乗った。女性は四十代見当《けんとう》だ。安彦の妻の島子ではないか。
十二、三分走ってピンクの壁の二階建てアパート横の駐車場に車をとめた。倉敷市南町だ。白線で囲んだ駐車スペースには名が書かれた札がある。女性がとまった車のスペースに「花沢」の札が出ていた。
車を降りた女性は大造のバッグを持っていた。

二人は階段を上ると二番目のドアを開けた。

花沢安彦は十月に前住居を退去して、その後の住所は不明だが、このピンクの壁のアパートに住んでいるのではないか。

九月ごろから花沢の妻の島子の姿を見掛けなくなったという。近所の人は離婚したのではと推測していた。

冬の日はあっという間に暮れ、クリスマス音楽を流しながら車が通った。

島子らしい女性と大造がいる部屋の窓には灯《あか》りが点《つ》いている。

島子は、十年前に娘の四季名を失った母である。四季名は何者かに殺されたことは明白だったが、犯人は分かっていなかった。

その犯人がきょうになって自白した。それについて話し合うために、大造は倉敷へやってきたのではないだろうか。

茶屋は、大造と女性が話し合いでもしているらしい部屋のドアや、灯りのついた窓を見ながら、表へ裏へ、右へ左へと移動した。

張り込みをはじめて三十分ほど経ったところへ、黒い乗用車がやってきて、駐車場の外へとまった。男が降りた。中肉中背で前かがみになって歩いた。駐車場を照らすライトの下をくぐった。その男の横顔を見た茶屋は、はっとして胸に手をやった。少しはなれた位置からだが、鼻と顎《あご》のとがった特徴のある顔だったからだ。中野伸之助が描いた似顔絵の男にちがいなかった。それは花沢安彦だ。大造の息子であり、島子の夫である。

安彦と思われる男はアパートの階段を駆け上がると、二番目の部屋のドアに消えた。

茶屋は、安彦らしい男が乗ってきた車と島子らしい女性がとめた車を撮影すると、倉敷署の三宅警部に電話でナンバーを伝えた。

十五、六分後、三宅警部から回答があった。グレーの乗用車の所有者は花沢島子。黒の乗用車は、名古屋市瑞穂区内で盗まれた車両だった。
「黒い乗用車がとめてある場所は……」

三宅がきいた。南町のアパートの所在地を伝えたが、車の窃盗犯を捕まえるのは一時間ばかりあとにしてもらいたいといった。

「なにか特別な事情でもありそうですね」

「黒い乗用車に乗ってきたのは四十代の男で、その男の現在の居場所は分かっています。その男に私は会いたいのです。会って話したいことがあるので、捕まえるのはそのあとにしていただきたい」

「その男とは署で話をしてもらっても……」

「男はいま、父親と妻に会っています。三人がそろっているところできたいことがあるんです」

三宅と通話しているうちに、黒い影が茶屋を取りまいた。倉敷署員が到着したのだ。

茶屋は署員に一言断わって、大造が入った部屋の前に立った。駐車場の名札から推《お》して、この部屋に住んでいるのは花沢島子にちがいなかった。そこへ男が入っていった。その男の顔は伸之助の似顔絵に似ていた。

茶屋はインターホンに呼び掛けず、ドアをノックした。女性の声がした。

「茶屋次郎という者ですが、花沢島子さんにお会いしたくて参りました」

女性はドアの向こうでなにかいったが、きき取れなかった。

一分ばかりの沈黙があって、ドアが外を確かめるように少しずつ開いた。

茶屋はあらためて名乗って、たたきへ入った。そこには靴が三足脱いであった。

「ご用はなんでしょうか」

女性の声は落ち着いていた。

「重大なことを、いろいろおうかがいしなくてはなりません。まずあなたは、花沢島子さんですね」

「はい」

彼女はまばたきして小さい声で答えた。

「こちらに、花沢安彦さんと花沢大造さんがいらっしゃいますね」

島子は一瞬後ろを見てから、首だけでうなずいた。

「安彦さんにも大造さんにも、うかがいたいことがあります」

茶屋は奥にいる人にもきこえるような声で話した。

「だれだ……」

部屋の奥から大造の声がした。

「私は、大造さんにお会いしたことがあります。上がらせていただけますか」

島子はまた後ろを見てから、小さい声で「どうぞ」といった。

六畳ぐらいの広さの部屋に男が二人向かい合っていた。奥にいるのが安彦だ。彼は鋭く光った目を茶屋に向けたが、すぐに顔を伏せ、腕組みした。

大造は膝《ひざ》の上で拳《こぶし》をにぎって、

「またあんたか。しつっこい男だな」

憎々しげに口をゆがめた。なぜここが分かったのかまではきかなかった。まさか名古屋から尾けられてきたなどとは思っていないだろう。

茶屋は姿勢を正して、四季名に対する悔《く》やみを三人に向かって述《の》べた。犯人が挙がったことにも触れた。三人は不思議な動物でも前にしているように、無言で茶屋の顔を見つめていた。

安彦は顔を伏せると唇《くちびる》を噛《か》んだ。

島子はキッチンへいくと、ペットボトルのお茶を鍋で温め直し、湯呑《ゆの》みに注《つ》いで出した。四季名を思い出しているのだろうが、十年という歳月が哀しみを薄めたのか、涙は流さず、ただ震えていた。

「安彦さんにききたい」

一言も喋《しゃべ》らない安彦のほうへ、茶屋は膝を向けた。

安彦は、先がとがった鼻と顎をわずかに動かしたが、伏せた顔を上げなかった。

「あなたは、十月十日に、東京杉並区善福寺の小学校から帰る八歳の三谷百合亜さんを、車に乗せて連れ去った。なぜですか」

「あんたに、そんなこと……」

答えたくないといっているのだろう。

「三谷百合亜さんを連れ去ったことは、まちがいないんですね」

「知らない」

安彦は下を向いたままいった。

「なぜ、少女を殺したんだ」

茶屋は声を少し高くした。

「知らない」

安彦は肩をぴくりと動かして繰り返した。

「十月二十四日の夜は、百合亜さんと同じ善福寺に住んでいた稲沢順二さんが、車に轢《ひ》かれて死亡した。それもあなたの犯行ですね」

安彦は首を横に振っただけで、なにも答えなかった。

茶屋は、大造と島子を見たが、二人とも眉間《みけん》を曇《くも》らせて黙っていた。茶屋がいっていることが理解できないようでもある。

3

茶屋はあらためて島子の部屋を見まわした。二室に板敷きのキッチンという間取りだが、冷蔵庫もテレビも小型のせいか、殺風景《さっぷうけい》で、仮住まいのような印象を受けた。グレーのカーテンだけは厚地で、外からの光や音を一切遮断《しゃだん》しているようにも見えた。

「安彦さん。あなたは中野伸之助さんを知っていますか」

安彦の上半身がわずかに動いたが、返事をしなかった。

「十一月二十六日の朝、あなたは千葉県銚子のホテル浜千鳥から、迎えにきたと嘘《うそ》をいって、中野伸之助さんを車に乗せた。少し障がいのある伸之助さんはあなたを信用して車に乗ったのでしょう。前日に伸之助さんは銚子の友人に景勝地《けいしょうち》を案内された。彼は銚子の友人に代わって、あなたが名勝などを案内してくれるものと信じて、あなたの車に乗った。……ところがあなたは、西へ向かって走りつづけたのでしょう」

「なんだか訳の分からんことをいってるが、おれには関係がない。あんたの話なんかきいていられないから、帰ってくれ。帰れよ。帰れっ」

安彦は目を光らせていきり立った。

「私を追い帰すと、警察が入ってくるよ。外には警官が何人もいるんだ」

茶屋は安彦をにらみ返した。

安彦は驚いて目を見開き、視線を泳がせた。

「伸之助さんを乗せ、どこをどう走ったのか知らないが、この倉敷に連れてきた。そして解放。解放というときこえはいいが、あなたは伸之助さんを放り出した。放り出された彼は、ひどく空腹を覚えていたが、金を持っていなかった。なぜ倉敷まで連れてこられたのか、伸之助さんにも、彼の行方をさがしていた姉にもわからない」

茶屋は、安彦のとがった鼻を見ていったが、彼は口元をゆがめただけだった。

「あなたは十二月四日には東京にいた。学童の登校の見守りを終えたあとの鈴川ミヨ子さんを、彼女の自宅付近から車で連れ去った。そしてやはり西へ向かって走り、十二月六日にまたこの倉敷で解放した。鈴川さんも、なぜ連れ去られたのか、なぜ倉敷まで連れてこられたのか分からないといっている。伸之助さんと鈴川さんを連れまわした理由はなんなんだ。もしかしたら二人を殺すつもりだったんじゃないのか。……あなたは二人を殺し……」

茶屋はつづけていおうとしたが、インターホンが鳴った。そしてドアにノックもあった。島子は膝を立てかけた。男の声が、「花沢さん、花沢さん」と呼んだ。その声は警官にちがいなかった。駐車場へ駆けつけていた警官が、しびれをきらしたのだろう。単身部屋へ乗り込んだ茶屋が、どうなっているかも気がかりだったにちがいない。

茶屋が立っていってドアを開けた。まるで黒装束《しょうぞく》のような警官が五、六人いた。彼らはまだ花沢安彦が殺人事件に関係していることは知らないはずだ。

花沢安彦、島子、大造の三人は倉敷署へ連行されることになった。

島子は玄関で靴《くつ》を履《は》くと部屋を振り返った。暖房を切ったか、キッチンの電灯を消したかを確かめたようだった。彼女は夫がやったことをすべて知っているのだろうか。四十六歳なのに、急に歳を取ったような顔をしていたが、警官に背中を押されて車に乗った。

二人の警官にはさまれた安彦は、警察の車に乗る前に星がまたたいている空を仰《あお》いだ。星空を仰ぐ日はもう訪れないだろうと思っているのかもしれない。クリスマス音楽が遠くで鳴っていた。

安彦が乗ってきた黒い乗用車は、駐車場の脇からなくなっていた。すでに警察署へ運ばれたのだろう。

「あなたも……」

茶屋は警官に肩を叩かれて車に乗った。

警察車両は列になって署へと向かった。

倉敷署の玄関には三宅警部が立っていて、茶屋を見ると、「ご苦労さまでした」といってわずかに頬をゆるめた。


茶屋は、倉敷の町家が見えるホテルに泊まり、朝食のあとロビーでコーヒーを飲みながら新聞を読んでいた。

ハルマキが電話をよこした。

「おはようございます。名古屋は寒いですか」

「私はいま倉敷だよ」

「あら。なにしにまた倉敷へ」

「きのう名古屋から、ある男を尾行したところ、倉敷へ着いたんだ。ゆうべはここで一仕事したので、一晩ぐっすり眠ることができた。おまえはいつもより早く出勤したのか」

「先生の取材旅行だか調査が、長くなるようだったら、着替えを持っていこうって思い立ったんです」

「そうだったのか。だけど今度は長くはならない。早ければきょうじゅうに、遅くともあしたには帰れる」

「そう」

ハルマキは電話を切った。彼女は旅行をしたかったらしい。

新聞を読み終えたところへ、倉敷署の三宅警部から電話があって、

「茶屋さんに報告しなきゃならないことがありますので……」

署へ寄ってくれないかといわれた。

茶屋は、警察の報告をきくことにした。


署に着くと女性職員に署長室へ案内された。

メガネを掛けた大柄の署長は椅子を立ってきて、「ご苦労さまです」と頭を下げた。

三宅警部は五、六分経ってやってくると目を細めた。昨夜、花沢安彦と島子と大造から事情をきいたことを話すといってソファをすすめた。署長はデスクをへだてて三宅の話をきいた。

——十一年前の十一月のことである。花沢大造は名古屋の自宅で、飯田市の松寺日出男が殺された事件を知って仰天した。

それを知った一週間後、大造は『風越』へ女将の川崎広子を訪ねた。不安そうな蒼《あお》い顔をしている広子に、『私は、この「風越」を手放したいという相談を松寺さんから受けました。買い取って経営してくれそうな人はいないかを考えているうち、精密機械で儲《もう》けている河西万作さんを思いついた。で、河西さんに話を持ちかけると彼は「風越」の経営状態をきいた。「風越」の経理のあらましは松寺さんにきいていたので、それを報告した。河西さんは何日か考えていたようだが決心がついて、買い取ることを決めた。したがって私は取引きの仲介者だ。売り渡しの一割の金額を私は受け取ることになっていた。

松寺さんが河西さんから最終的な支払いを受ける日に、私が立ち会えないので、後日、松寺さんを訪ねることにしていた。ところが夢にも思ったことのないことが起こった。松寺さんが現金を持って自宅へ帰ろうとしたところを、何者かに襲われて殺され、現金を奪われた。松寺さんが現金を持って帰宅するのを知っていた人は、河西以外には独りしかいない。それがあんただ。人を使ったな』と、大造は広子の胸に指を差した。

広子は血相を変え、『冗談にもほどがある。わたしは人を殺《あや》めてまでも金を奪うなんてことは考えたこともない。妙ないいがかりをつけて強請ろうとするなら、警察を呼ぶ』と、凄みをきかせた。

大造は引き下がるしかなかった。

松寺殺しの犯人は挙がらなかった。大造は、犯人は広子の差し金による人間という見方を変えず、息子の安彦に広子の身辺《しんぺん》を調べろと指示した。

安彦は、広子の妹の神田木久子と浅利可根子の身辺を調べた。その結果、可根子が広子の指示で動いた可能性が濃厚ということになり、安彦は可根子に会った。だが可根子は安彦の疑いを鼻で笑った。『つきまとったり、強請るようなことをしたら、警察を呼ぶからね』といわれ、『あの女には歯が立たない』と大造に話した。

そういうことがあった数日後、安彦の娘の四季名が下校時に行方不明になった。警察も消防も捜索してくれたが足取りはつかめなかった。十日後、木曽川で女の子が遺体で見つかったという知らせを受けて、安彦夫婦は木曽川沿いの町へ駆けつけた。遺体は四季名だった。

安彦の頭には浅利可根子の、ととのってはいるが、どこか野卑《やひ》な雰囲気のある顔が浮かんだ。彼はそれを大造に話した。大造は、『広子と可根子は、いずれ痛い目に遭わす』といって奥歯を嚙んだ。

飯田の警察は松寺を殺した犯人を捜査していたが今日まで挙げられず、歳月だけが流れていた。

長野の木曽警察署は、四季名を誘拐して殺した犯人をさがしたが、これも今日まで未解決のままだった――

4

約十年の歳月が流れた十月、花沢安彦は、東京の杉並区善福寺や銚子、倉敷で凶行を重ねた。警察でその理由を述べたが、それは不可解で、捜査関係者には理解しがたかった。

――彼は十月十日の午後、車で善福寺を走っていた。すると赤いランドセルを背負った七、八歳の女の子が手に持った袋を振りながら歩いていた。その姿を可愛いと思ったが同時に四季名を思い出した。四季名はなにごともなかったら高校卒業を控えている歳だった。進路を親子で話し合っているころだった。

彼は急にめまいのようなものを覚えた。自分が自分でないような気がした。彼は道の端を歩いているランドセルの女の子に、車のなかから声を掛けた。道を尋ねるふりをした。女の子は人なつっこそうに車のほうへ寄ってきた。前後を見たが人影はなかった。彼は車を降りた。助手席へ女の子を乗せた。女の子は、『降りる』といった。彼はドアのロックを確認してスピードを上げた。女の子は、『降りる』を連発し、足をばたばたと動かした。無視する彼をにらみつけていたが、大声で、泣きながら彼におどりかかったり、腕に嚙みついたりした。

　人影のないところで車をとめ、『おとなしくしていれば、なにもしない』といいきかせた。彼女は彼の言葉などきいていなかった。『家へ帰る』といったし、『恐い』ともいった。『恐い』といわれると憎くなった。『黙ってろ』といって、顔を殴ってしまった。鼻血を出した。

　パンを買って与えたが、一口食べただけで、パンを放り出した。水を飲むが固形物を欲しがらなかった。うとうとと眠り、目を開けると親を呼んだ。同じ言葉を繰り返されるとますます憎くなった。

　誘拐して三晩目、安彦は倉敷市高梁川の堤防の上にとまっていた。彼女は目を瞑ってうわ言のように親を呼んでいた。

　彼は女の子が邪魔になった。溺れ、濡《ぬ》れた布団《ふとん》のようになった彼女を、川岸の公園の草の上に寝かせた。

　安彦は、杉並区善福寺へもどった。朝は小学生の登校の見守りをしている男女が点々と立っていた。そのなかに安彦にとっては気障《きざわ》りな男がいた。男は登校の列をはずれる児童を見ると、笛を吹いて注意していた。几帳面《きちょうめん》な人なのだろうが、押しつけがましく映った。

その男はサラリーマンらしく、見守りを終えると駅から電車に乗っていった。

安彦は、その男になにをされたわけでもないが、一方的に敵意を抱《いだ》いた。女の子を連れ去ったという負い目からだろうか、いずれ凶器を手にして、自分を罰するために襲ってくる男のような気がした。

十月二十四日の夜である。安彦は車をとめてその男の帰宅を待っていた。男の名は稲沢順二であるのを、自宅の表札で知った。とはいえ男とは口を利いたこともないのだから、名前などどうでもよかった。学童の見守りをしていることと、その態度が気障りなので、この世から消えて欲しかった。

稲沢は小さな鞄を持って帰ってきた。少し遅いがこれからテレビでも観ながら夕飯を食べ、風呂にゆっくり浸《つ》かりそうな雰囲気だった。高校生ぐらいの娘が一人いるようだったから、進路の相談なども受けているかもしれなかった。

稲沢は星を仰ぐように空を見ながら十字路を渡った。その彼に向かって安彦は車を急発進させた。

杉並区善福寺で、小学児童の登下校見守りをしている人のなかに、一風変わった男がいるのを安彦は見つけた。三十歳ぐらいと思われるのだが定職に就《つ》いていないらしく、朝も午後も見守りをしていることが分かった。その男は小旗を手にして、信号が青に変わると道路の中央に立って学童を誘導していた。物陰からその男を見ていると、見守りを楽しんでいるようだった。

十一月二十五日、その男は学童の登下校見守りを終えると服装を変え、中型の旅行鞄らしいものを持ってアパートを出てきた。旅行らしいその様子に安彦は興味を覚えた。車を駐車場に入れるとその男の後を尾けることにした。

なんと、その男が着いたところは千葉県の銚子だった。銚子電鉄に乗り替えて、終点の手前の犬吠で降りた。

男が着いたところは犬吠埼灯台近くの［うちやま］という食堂。その店へ気安く入ったことから知り合いでもいるのだろうと見てとった。

灯台の近くには観光客のものらしい乗用車がずらりと並んでいた。安彦は灯台から少しはなれた場所にとめられていた乗用車を盗んだ。その車を運転して灯台から少し離れた林のなかへ紛《まぎ》れ込んだ。

食堂へ入った男は、一時間ばかりすると同年配に見える髪の短い男と一緒に店を出てきた。善福寺の男は「しんちゃん」と呼ばれていた。髪の短い男は食堂の従業員のようだったが、しんちゃんを灯台へ案内した。男はしんちゃんを大きい声で何度も呼んだ。しんちゃんを観察していると、行動に一般的な感覚と少しズレがあるようだった。

二人は白い灯台を出てくると、前にとめてあった軽トラックに乗った。安彦は二人が乗った軽トラックの後を尾けた。食堂の従業員らしい男は、その店の経営者かそれに近い人ではないかと判断した。その男は、しんちゃんを海辺の景勝地へ案内した。しんちゃんは銚子を訪ねたのは初めてのようだった。

日暮れになった。男はしんちゃんを波の音がきこえてきそうな浜千鳥というホテルへ連れていった。男はホテルのフロント係と話したり、しんちゃんを指差したりしていた。

「しんちゃん」の名前は、「なかのしんのすけ」というらしい。ロビーの柱の陰からそのようすをうかがっていた安彦は、しんちゃんに軽い障がいがあるのを知った。

次の日の朝、安彦はホテル浜千鳥のロビーで、フロント係に、なかのしんのすけの名を告げ、呼び出してもらった。

しんちゃんは、レストランから口を動かしながら出てくると、売店をのぞいた。みやげ物をプレゼントしたい人がいるのだろうかと眺めていると、すぐに売店を出てきた。安彦はしんちゃんの前へ立っておじぎをして、『彼は急に都合が悪くなってこられないので、私が景色のいいところへ案内します』といった。しんちゃんはなにかいうかと思ったが、

二、三度首を動かしただけで、部屋から荷物を取ってくるといった。安彦は、きのうの男がまもなくやってくるのではないかと、冷や冷やしていたが、しんちゃんはチェックアウトをすませた。彼はなんの疑いも抱いていないらしく、安彦が運転する車の助手席に乗った。

安彦は早く銚子からはなれたかった。利根川の大橋を越えると、いくぶん気が楽になった。高速道路を使わず「平場《ひらば》」と呼ばれている一般道のみを走った。

一時間ばかり走るとしんちゃんが、『海が見えないじゃない』といった。きのうの男からは、きょうも海が見える景勝地を案内するといわれていたようだ。

『きょうは東京へ帰るんだ』安彦がいうと、しんちゃんは、運転する彼の横顔をじっと見ていた。

川崎市に入ったところでコンビニに寄ってにぎり飯を買った。しんちゃんの鞄には名札が縫《ぬ》い付けてあった。字は中野伸之助、年齢は三十歳だと分かった。

『へんだ、へんだって思っていたけど、どこまでいくの』伸之助はまた安彦の横顔をにらみつけた。海の景勝地はおろか、東京をも通過していることを理解していたようだった。

誰かに連絡されると都合が悪いのでスマホを奪い、姉らしき女にメールを打った。電源は消した。

何をきかれても安彦は返事をしなかった。どこまで走るという目的がなかったからだ。運転中に居眠りをして電柱にぶつかったり、川に転落して死んでもかまわなかった。仲之助はさかんに家へ帰りたいといいはじめた。それをきくと安彦は、『静かにしていろ』とか、『黙れ』といった。

小田原で一夜を明かし、そこからは海辺の道路をゆっくり走った。食事は日に二回、コンビニの弁当かにぎり飯にした。仲之助をどこまで連れていって、どうしようという計画はなかった。ただ西を向いて一般道をゆっくり走っていた。焼津《やいづ》港近くで眠っていたところを、パトカーの警官に職務質問された。仲之助は眠り込んでいた。警官は安彦の運転免許証を見ただけで去っていった。

夕方の蒲郡では、海の上を飛ぶ鳶の群を見送った。

琵琶湖をぼんやり見ていた。仲之助は、海なのか川なのかときいた。何日間も走っているのか、その日が何日なのかも分からなくなった。

京都と大阪を走り抜けて明石で朝を迎え、姫路城を右手に見て通過した。

気がつくと倉敷市を走っていた。『おしっこ』と仲之助がいったので、安彦も降り、二人で畑を向いて用を足した。安彦は急に仲之助が面倒になった。彼は先に車に乗ると、灯りの点いた家をぼーっと眺めている仲之助を枯れ草の道に残して、車を出した。二十メートルばかり走って後ろを振り返った。仲之助は道の端に立っているが、車を追いかけてはこなかった——

5

中野仲之助を放り出した花沢安彦は、四日後、またも杉並区善福寺の一角を車で通った。学童の登校時間帯だから仲之助がいそうな気がした。彼を再び車に誘い込もうとしたのではなかった。あれからどうなったかをそっと見たかっただけだった。警官の姿が目に入ったので別の道を抜けようとした。と、何度か見たことのある女性が歩いてきた。彼女もまた朝の見守りを終えて自宅へもどる途中らしかった。

安彦はその女性をむりやり車で連れ去った。彼女は抵抗した。レイプでもされるのかと勘ちがいしたらしい。

『おとなしく乗ってろ。そうでないと痛い目に遭わせるぞ』と脅した。

『あなた、だれかと人ちがいしてるんじゃないの』と、気の強そうないいかたをした。そして、『わたしをどこへ連れていこうっていうの』と、まるで嚙みつくような口を利いた。

安彦は、学童の見守りをしている人間に恐怖を抱き、殺したいほど憎かった。いいことをしているのを人に見せたがっている偽善者にしか見えなかった。いつかきっと仮面を脱ぐにちがいなかったが、その前に表を飾っている仮面を剝《は》いでやりたいのだった。彼女は、標的として格好だった。

安彦は、その日も車を西に向けた。二時間ばかり走ると、彼女は慣れたのか抵抗するような言葉を使わなくなり、彼の職業や家族のことなどをきいた。すぐに命の危険はないと判断したのか、彼女は自ら鈴川ミヨ子と名乗りもした。

彼は彼女の質問につられたように、十年前に八歳の一人娘が殺されたことを喋りかけたが、喉《のど》をのぼってきた言葉を呑み込んだ。

鈴川ミヨ子は変わり者だった。海辺を走ると、『いい景色。海を見たのは何年ぶりかしら。車をとめて、あなたも大きい海をゆっくり眺めなさいよ。ほら右のほうから白い船が。あ、もう一艘《そう》浮かんでるじゃない。なにを積んで、どこへいくのかしらね』などといった。

彼女とは車の中で二泊して、倉敷へ着いたところで放り出した。

安彦は、なにかに取り憑《つ》かれるか、怒りに燃えていたかったのだが、鈴川ミヨ子に対しては敵意が失われた。彼女はたまに説教じみたことをいうので、憎らしくもなった——

花沢安彦は倉敷署の取調官に、三谷百合亜をどうして倉敷で殺害したのかときかれた。殺そうとは思っていなかったが、彼女は発作を起こすように何度も騒いだり暴れたりした。その悲しみ、苦しみから救ってやろうとして、両手が細い首に伸びた。それがたまたま倉敷だったのだと供述した。

では、中野伸之助と鈴川ミヨ子を倉敷へ連れてきたのはなぜか、ときいた。

『東京から西へ西へと走っているうちに、倉敷に着いたんです。そうしたらいずれも二人が厄介者《やっかい》に見えてきました。それで棄《す》てるつもりで、置き去りにしたんです』

なぜわざわざ東京の善福寺までやってきて、犯行を重ねたのかを尋問した。

『最初は車を盗むために。それからはよくわからない』

犯罪が発生した場所だから、警戒が厳重だったはずだがというと、

『そう思って車を転がしていたが、二人の警官が自転車をとめて立っているだけでした。それとどの家も余裕がありそうだし、ゆったりとした空気が流れていて、警戒感などまったくないような街だったからです』

取調官は、安彦の特徴のあるとがった鼻を見ながら、精神状態を尋ねた。すると天井に顔を向けて、ある日は苛々《いらいら》が募《つの》って落ち着けず、ある日はもやもやがまとわりついて、駆けまわりたくなり、ある日は胃袋が逆転するような胸のざわめきを覚えていた。そして自

分はなにかに取り憑かれてるんだ、狂っているんだ、と思いながら、走りつづけているのをやめられなかった、と虚《うつ》ろな目をして答えた。

茶屋は三宅警部から花沢安彦の供述をきいたが、脳科学的な理解はできなかったので、彼がやったことを並べてみた。彼は、父大造が、かつて松寺殺しの被疑者にされた。そのときから、なにかが狂いはじめたのではないか。

彼の現住居は、倉敷市児島の老朽《ろうきゅう》アパートでテレビもない部屋に布団が敷いたままになっていた。

妻の島子は安彦を、前途の見込みがない人間と見限り、離婚を決めて別居したのだといった。だが彼女は、安彦の犯行を一件も知らなかったといっている。

大造は、取調官から安彦が犯行を自供したことをきくと、『父子《おやこ》して、人生を棒に振った』と、嗄れた声でつぶやき、拳で机を叩いたという。

参考文献
『岡山県の歴史散歩』山川出版社
「岡山文庫」日本文教出版

著者注・この作品はフィクションであり、登場する人物および団体は、すべて実在するものといっさい関係ありません。

（この作品『倉敷　高梁川の殺意』は、平成三十年十一月、小社ノン・ノベルから新書判で刊行されたものです。なお、本文中の地名なども当時のままとしてあります）

一〇〇字書評

切・り・取・り・線

購買動機（新聞、雑誌名を記入するか、あるいは○をつけてください）

□（　　　　　　　　　　　　　　）の広告を見て
□（　　　　　　　　　　　　　　）の書評を見て
□ 知人のすすめで　　　　　　□ タイトルに惹かれて
□ カバーが良かったから　　　□ 内容が面白そうだから
□ 好きな作家だから　　　　　□ 好きな分野の本だから

・最近、最も感銘を受けた作品名をお書き下さい

・あなたのお好きな作家名をお書き下さい

・その他、ご要望がありましたらお書き下さい

住所	〒				
氏名		職業		年齢	
Eメール	※携帯には配信できません	新刊情報等のメール配信を 希望する・しない			

この本の感想を、編集部までお寄せいただけたらありがたく存じます。今後の企画の参考にさせていただきます。Eメールでも結構です。

いただいた「一〇〇字書評」は、新聞・雑誌等に紹介させていただくことがあります。その場合はお礼として特製図書カードを差し上げます。

前ページの原稿用紙に書評をお書きの上、切り取り、左記までお送り下さい。宛先の住所は不要です。

なお、ご記入いただいたお名前、ご住所等は、書評紹介の事前了解、謝礼のお届けのためだけに利用し、そのほかの目的のために利用することはありません。

〒一〇一-八七〇一
祥伝社文庫編集長 坂口芳和
電話 〇三（三二六五）二〇八〇

祥伝社ホームページの「ブックレビュー」からも、書き込めます。
www.shodensha.co.jp/bookreview

祥伝社文庫

倉敷《くらしき》　高梁川《たかはしがわ》の殺《さつ》意《い》

令和 3 年 6 月 20 日　初版第 1 刷発行

著　者　　梓《あずさ》　林太郎《りんたろう》

発行者　　辻浩明

発行所　　祥伝社《しょうでんしゃ》

東京都千代田区神田神保町 3-3
〒101-8701
電話　03（3265）2081（販売部）
電話　03（3265）2080（編集部）
電話　03（3265）3622（業務部）
www.shodensha.co.jp

印刷所　　錦明印刷
製本所　　ナショナル製本
カバーフォーマットデザイン　芥 陽子

造本には十分注意しておりますが、万一、落丁・乱丁などの不良品がありましたら、「業務部」あてにお送り下さい。送料小社負担にてお取り替えいたします。ただし、古書店で購入されたものについてはお取り替え出来ません。

Printed in Japan ©2021, Rintarō Azusa　ISBN978-4-396-34734-5 C0193